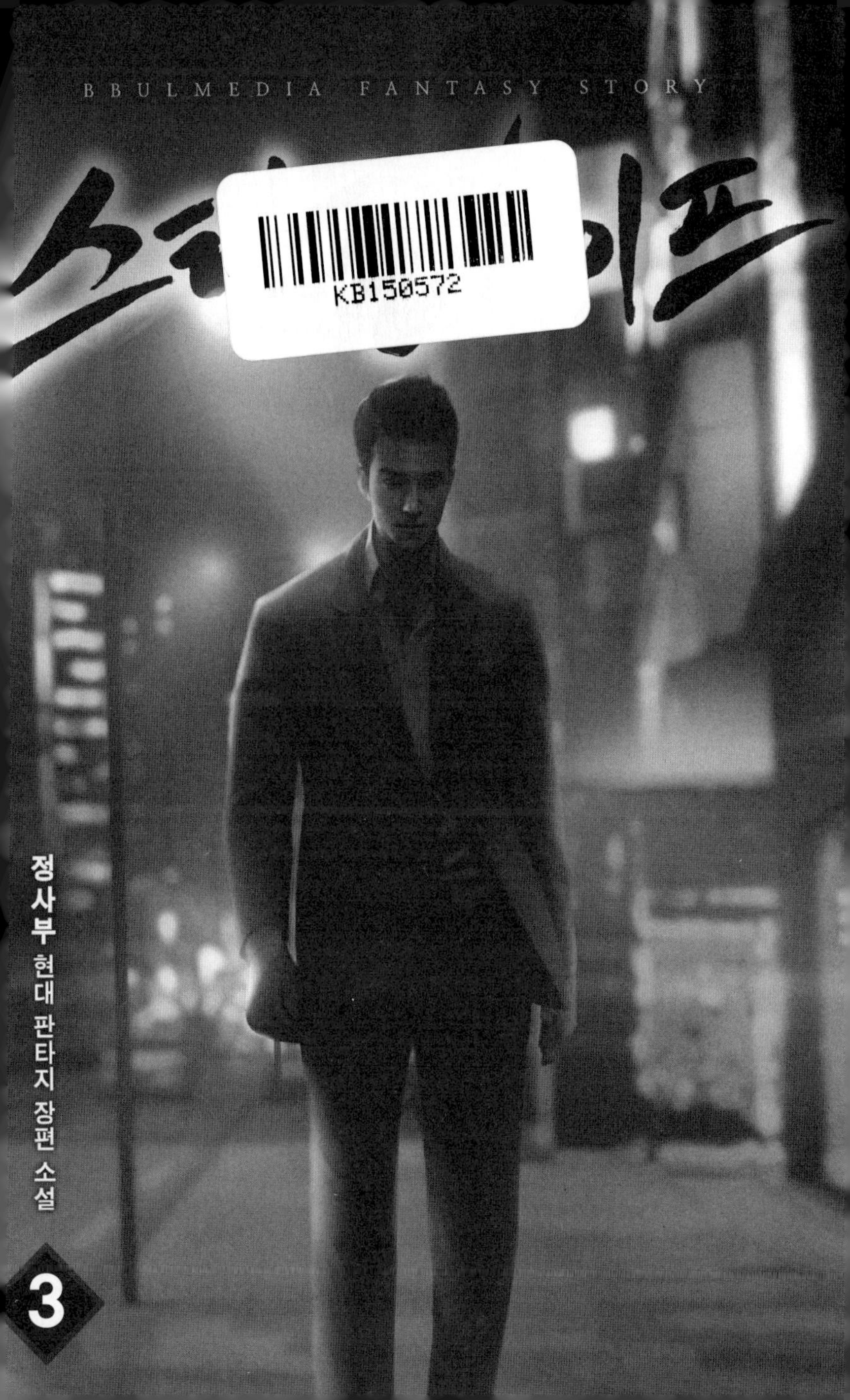
BBULMEDIA FANTASY STORY
정사부 현대 판타지 장편 소설
3

CONTENTS

Chapter 1
혼란

띠리리! 띠리리!

새벽 5시, 알람 소리가 요란하게 울렸다.

"으음!"

이소진은 어제 마신 술 때문에 머리가 지끈거렸지만, 명색이 연예인 매니저로서 숙취에 질 수는 없었기에 두통을 무시하고 자리에서 일어났다.

"어?"

침대에서 일어난 이소진은 문득 자신이 침대에서 일어났다는 것에 의아한 생각이 들었다.

그러면서 어제 자신이 어떻게 방에 들어왔는지 떠올려 보앗지만, 그녀의 머릿속에는 아무것도 떠오르지 않았다.

'내가 언제 방에 들어왔지?'

아무리 생각을 해보아도 알 수가 없었다.

그럴 수밖에 없는 것이, 그녀는 어젯밤 술을 마시다 거실에서 잠이 들었던 것을 수현이 안아 들고 침대로 옮긴 사실을 기억하지 못하기 때문이다.

떠오르지도 않는 기억을 떠올리기 보단 일단 일어났으니 샤워를 하고 나갈 준비를 하기 위해 자리에서 일어났다.

"아!"

침대에서 내려와 막 방문을 열고 나가려던 소진은 비로소 이곳이 어디인지 떠올랐다.

"여긴 유진 언니 집이지!"

자신이 어제 어디서 잠이 들었는지 깨달은 이소진은 거실 화장실로 향했다.

비록 속옷을 갈아입을 수는 없지만 어제 씻지도 않고 잠을 자서 그런지 괜히 찜찜한 기분이 들었기 때문이다.

쏴아!

스케줄이 바쁘면 가끔 최유진의 집에서 신세를 진 적이 있어 그녀의 칫솔과 세면도구가 화장실 한편에 있었기에 씻는 데는 문제가 없었다.

샤워를 마치고 잠시 주차장에 들러 차에서 휴대용으로 가지고 다니는 화장품을 가져와 화장을 하였다.

화장까지 모두 마치고 나온 이소진은 거실로 가보았다.

그녀는 자신이 중간에 잠이 들어 최유진과 수현이 몇 시까지 술자리를 했는지 모르겠지만 일단 수현을 깨우기로 하였다.

최유진이야 그녀의 사정을 알기에 회사에서 당분간 스케줄을 잡지 않아 오늘도 스케줄이 없었다.

하지만 수현의 경우는 오늘도 사진 촬영 스케줄이 있었다.

그리고 남편도 없는 집에 외간 남자가 자고 갔다는 것이 외부에 알려지기라도 한다면 최유진에게 타격이 아주 크기에 아직 이른 시간이지만 수현을 깨워 보내려는 것이다.

거실로 나간 이소진의 눈에 어지럽게 널려 있는 술병이 가장 먼저 눈에 들어왔다.

순간, 이소진은 거실의 풍경을 보다 불길한 예감에 휩싸였다.

어질러진 거실 풍경 속에 그녀의 코끝을 때리는 비릿한 육향을 맡으며 이소진은 뭔가 일이 잘못 되어간다는 느낌을 받았다.

'음, 아닐 거야!'

그녀는 현실을 부정하며 자신이 어젯밤 술을 마시던 테이블 쪽으로 접근을 하였다.

그리고 그녀의 눈에 어지럽게 널려 있는 옷가지가 들어

왔다.

'아!'

이소진은 어지럽게 널린 옷가지를 보며 자신도 모르게 속으로 비명을 질렀다.

오른손으로 이마를 짚으며 소리 없는 한숨을 쉬었다.

그녀는 떨리는 손으로 널브러진 옷가지를 정리하였다.

그리고 옷가지를 정리한 그녀는 조심스럽게 안방 문을 열어보았다.

삐걱!

왠지 조심스러워진 이소진은 살짝 아주 살며시 문을 열고 안을 들여다보았다.

'하!'

문을 열고 안방 내부를 확인한 이소진은 믿고 싶지 않았지만 자신의 예상이 맞았다는 것을 눈으로 확인을 하고는 한동안 어떻게 해야 할지 갈피를 잡을 수가 없었다.

'어떡해!'

안방 문을 열고 안을 들여다본 이소진은 잠시 망설이다 뭔가 결심을 하고는 방 안으로 들어갔다.

철컥!

'어? 뭐야!'

삐걱!

문손잡이 돌아가는 소리에 잠이 깬 수현은 잠시 멍한 생각에 눈을 뜨지 않고 생각을 하였다.

자신의 품에 따뜻하고 부드러운 어떤 물체가 안겨 있는데, 기분이 그리 나쁘지 않았다.

하지만 그게 문제가 아니었다.

부드럽고 따뜻한 느낌에 기분이 좋아 잠시 그 느낌을 느끼던 수현은 그 기분 좋은 따뜻함에서 뭔가 비현실적인 느낌을 받았다.

더욱이 그 부드러움을 느끼는 자신의 몸에 아무것도 걸치고 있지 않다는, 즉 자신이 알몸이란 것을 느끼고 또 그 부드러운 것도 누군가의 알몸이란 것을 깨닫기 까지 얼마 걸리지 않았다.

그러면서 수현은 순간 소름이 끼쳤다.

어젯밤 자신은 이소진과 함께 최유진의 집을 찾았다.

그리고 그녀들과 함께 술자리를 가졌다.

그러다 중간에 이소진이 피곤했는지 먼저 잠이 들어 자신이 그녀를 손님방에 재웠다.

그 뒤로 최유진과 둘이서 한동안 술을 더 마셨다.

'아!'

한참을 생각을 하다 기억이 떠올랐다.

술을 마시다 최유진이 자신의 남편에 대한 이야기를 하고 또 남편이 오래 전부터 외도를 해왔다는 이야기를 들려주며 자신이 매력이 없다는 이야기를 들었다는 말까지 듣게 되었다.

이때 수현이 그녀를 위로했던 것도 기억이 났다.

그러다 최유진이 술기에 자신의 앞에 얼굴을 들이 밀다 입술이 살짝 닿는 사고가 발생했다.

한 번의 사고였지만 무슨 이유에서인지 최유진이 자신에게 다가와 키스를 하였고, 자신도 최유진의 키스를 거부하지 않고 받아 들였던 것이 떠올랐다.

그렇게 하나둘 기억이 맞춰지자, 그 뒤로 최유진과 자신이 했던 행위들이 또렷하게 기억났다.

평소에 누나, 동생을 하며 친하게 지냈던 두 사람이었다.

그런데 어젯밤 두 사람은 친한 누나, 동생이 아닌 색욕에 굶주린 남과 여가 되어 열정적으로 서로의 몸을 탐했다.

거실에서 시작되었던 탐닉은 거실에서 그치지 않고 안방에까지 이어졌다.

'아, 씨! 어떻게 하지!'

모든 것이 기억난 수현은 갈피를 잡을 수가 없었다.

현재 최유진은 남편과 갈등이 있기는 하지만 그녀는 아직까지 법적으로 유부녀였다.

막말로 지금 자신과 최유진은 불륜을 저지른 것이다.

최유진이 이혼녀였더라면 그리 심각하지 않았을 고민이었지만, 그녀가 유부녀라는 것이 수현에게 명확한 판단을

스페이드

내리지 못하게 하고 있었다.

스윽! 스윽!

그런데 뭔가가 자신과 최유진이 누워 있는 침대로 다가오는 느낌이 들었다.

수현은 다가오는 기척에 정신을 집중했다.

눈을 떠서 확인을 하고 싶었지만 너무도 두려워 감히 그런 선택은 하지 못하고 감각으로만 누가 방으로 들어왔는지 헤아려볼 뿐이다.

다행히 방으로 들어온 사람은 최유진의 남편은 아닌 듯 무척이나 조심을 하는 것이 느껴졌다.

"유진 언니! 유진 언니! 일어나 봐요!"

안방에 들어온 사람이 하는 소리를 들어보니 다행히 최유진의 남편이 아닌 그녀의 매니저, 이소진이였다.

하지만 이것은 또 이것대로 수현에게 난감한 상황이었다.

현재 최유진과 자신은 몸에 실오라기 하나 걸치지 않은 알몸이었기 때문이다.

아무리 순진한 사람이라도 이런 두 사람의 상태를 본다면 지난밤에 자신들에게 어떤 일이 있었는지는 금방 눈치를 챌 것이다.

수현은 계속해서 눈을 감고 자신이 깨어 있다는 것을 숨기며 이소진이 하는 것을 지켜보았다.

그리고 이소진이 몸을 흔들며 작게 부르는 것 때문에 잠에서 깬 것인지 최유진이 반응을 보이기 시작했다.

"으음!"

깊은 잠에서 깨어나는 것인지 최유진은 바로 자리에서 일어나지 않고 잠에서 깨어나지 않기 위해 몸부림을 치는 것인지 수현의 품에 더욱 파고들었다.

"언니! 언니 일어나 봐요."

그럴수록 이소진은 최유진의 몸을 흔들며 작은 목소리로 그녀를 깨웠다.

"나 졸려! 더 잘래! 깨우지 마!"

최유진은 지금 자신이 어떤 상태인지 인지하지 못하고, 그저 오랜만에 편하게 잠이든 것이 기분이 좋아 일찍 일어나지 않기 위해 자신을 부르는 이소진에게 그렇게 중얼거렸다.

하지만 최유진이 잠에서 깼다는 것을 느낀 이소진은 그녀를 그냥두지 않았다.

"언니 일어나요. 큰일 났어요, 제발!"

최유진을 깨우는 이소진은 정말이지 울고 싶은 심정이라 말끝에 울먹이기 까지 하였다.

수현의 품에서 부드럽고 따뜻함 그리고 편안함을 더 느끼기 위해 품으로 더욱 파고들던 최유진은 자신을 깨우는 이소진의 목소리가 이상하게 들리자 억지로 눈을 떴다.

"안방까지 어떤 일이야?"

눈을 뜬 최유진은 눈앞에 자신의 매니저인 이소진이 보이자 의아한 생각에 눈을 깜박였다.

그런 최유진을 보며 이소진은 자신의 손으로 최유진의 입을 막으며 눈으로 최유진의 옆을 가리켰다.

이상한 이소진의 모습에 최유진은 잠시 지금 상황을 이해하지 못하고 눈을 깜빡였다.

'뭐지?'

그녀는 잠시 소진이 무엇 때문에 안방까지 찾아와 저러는 것인지 의아해 하였다.

몇 년을 자신의 매니저를 하면서 그녀는 단 한 번도 자신의 침실에 들어온 적이 없었다.

안방은 최유진과 그녀의 남편과의 아주 개인적인 공간이었기에 스케줄 때문에 자신을 깨우더라도 문 밖에서 자신을 불렀지 방 안까지 들어온 적은 없었는데, 이렇게 들어왔다는 것은 뭔가 사단이 벌어졌다는 것을 알 수 있었다.

'아!'

그리고 뭔가 떠오른 최유진은 놀란 눈으로 자신의 옆을 돌아보았다.

이불 안 부드럽고 따뜻한 피부의 느낌에 그녀는 그저 남편의 품에 안겨 있구나, 라고만 생각을 했다.

그런데 생각해 보니 어제 밤 남편은 집에 들어오지 않았다.

결혼기념일임에도 그녀의 남편은 내연녀와 함께 하느라 자신의 전화도 무시하고 연락도 없었다.

그 때문에 혼자 남편을 기다리다 술을 마셨고, 답답한 마음에 매니저인 이소진에게 전화를 했던 것까지 기억이 났다.

최유진은 놀란 눈으로 자신이 조금 전까지 안겨 있던 사람을 확인했다.

남편이 아닌데도 자신과 정을 통한 남자의 정체가 누구인지 알기 위해서다.

두려운 마음에 조심스럽게 고개를 돌리던 그녀의 눈에 자신도 잘 알고 있는 얼굴이 눈에 들어왔다.

'아!'

자신의 옆에 수현이 누워 있는 것을 확인한 최유진은 지난밤에 있었던 일들이 주마등처럼 떠올랐다.

매니저인 이소진이 술에 취해 잠이 들어 수현이 그녀를 손님방에 데려다 준 것이 먼저 떠올랐고, 수현이 이소진을 공주님 안기를 하여 방으로 데려가는 뒷모습을 보며 오래전 신혼시절 남편이 자신을 저렇게 침실로 데려갔던 것이 떠오르며 괜히 흥분이 되었던 것이 생각났다.

그 뒤로 현재 자신의 상황을 하소연하듯 수현에게 들려준 것과 살짝 과장을 하여 이야기를 하니 수현이 그녀의 말에 반응을 보이며 위로를 하던 것, 그런 수현의 반응에 수현을 먼저 유혹했던 것이 떠올랐고, 그 뒤로 거실에서 두 사람이 했던 일들이 생생히 기억났다.

'어쩜 좋아!'

최유진은 모든 기억이 떠오르자 어떻게 해야 할지 정신을 차릴 수가 없었다.

'미쳤지! 미쳤어!'

최유진이 자신이 왜 그랬을까? 후회를 하고 있을 때 이소진은 그런 최유진의 정신을 일깨웠다.

"언니, 일단 일어나 씻으세요. 언니 씻고 나오면 수현이 깨울게요."

이소진의 말을 들은 최유진은 조용히 고개를 끄덕이고는 아직 깨지 않은 수현이 혹시나 자신이 품에서 벗어나는 것 때문에 깰지 모른다는 생각에 조심스럽게 수현의 품에서 벗어나 침대에서 나왔다.

최유진이 침대에서 나오기 전 이소진은 방 한쪽에 걸려있던 가운 하나를 들고 와서 그녀에게 넘겼다.

아무리 같은 여자라고 하지만 알몸을 보인다는 것은 부끄러운 일이었기에 이소진에게 가운을 받은 최유진은 빠르게 가운을 걸쳤다.

"일단 나가자!"

몸에 가운을 걸친 최유진은 이소진을 향해 말하고 밖으로 나갔다.

이소진은 잠시 잠든 수현의 얼굴을 내려다보다 최유진을
따라 밖으로 나갔다.

탁!

"하!"

두 사람이 방에서 나가자 수현은 자신도 모르게 안도의
한숨을 쉬었다.

뒤늦게 후회를 해보지만 이렇다 할 해결책은 떠오르지 않
았다.

수현은 그렇게 한참을 어떻게 할지 고민을 하며 방 안에
남아 있었다.

괜히 두 사람이 나갔다고 이제 깨어난 것처럼 밖으로 나
갔다가는 그것 또한 어떤 해명을 해야 할지 떠오르는 변명
이 없었기 때문이다.

더욱이 자신의 옷은 지금 문 너머 거실에 있을 것이기에
지금은 그저 모르는 척 이대로 있는 것이 최선이었다.

시간이 얼마나 지났을까? 문손잡이가 돌아가는 소리가
들렸다.

"수현아! 여기 있니?"

마지 이 방에서 수현이 자고 있는지 찾기라도 하듯 말을
하며 들어오는 이소진의 목소리가 들렸다.

분명 조금 전 자신이 여기 있다는 것을 확인했으면서도
그녀가 이렇게 모르는 것처럼 부르는 소리에 수현도 괜히

스타라이트

바로 눈을 뜨며 이상해질 것이 빤하기에 그녀의 장단에 맞추기로 하였다.

그러는 것이 괜히 어색해지는 것보단 나을 것 같았기 때문이다.

"으으음!"

신음을 하며 몸을 반대편으로 돌렸다.

"얘가! 어서 일어나! 여기서 자면 어떡하니!"

이소진은 수현에게 다가가 소리쳤다.

"엄마! 조금만 더요."

이미 그녀의 장단에 맞춰주기로 결심을 했기에 수현은 마치 자신을 깨우러 온 엄마에게 조금 더 늦잠을 자겠다고 잠투정을 하는 아들의 역할을 하였다.

"수현 씨! 여긴 유진 언니 집이야! 얼른 일어나!"

이소진은 수현이 자신의 집으로 착각한다고 생각해 수현의 어깨를 흔들며 깨우기 시작했다.

"헉!"

수현이 이소진의 소리에 놀라 깬 것처럼 소리를 지르며 상체를 일으켰다.

"어머!"

수현이 갑자기 몸을 일으키는 바람에 덮고 있던 이불이 아래로 흘러내리며 단단한 상체가 드러났다.

그 때문에 갑자기 눈앞에 아무것도 걸치지 않은 수현의

상반신이 적나라하게 보이자 이소진은 자신도 모르게 비명을 지르며 고개를 돌렸다.

하지만 고개를 돌리는 그녀의 눈에는 진한 아쉬움이 묻어 있었다.

'어쩜 잔 근육이…….'

고개를 돌리는 바람에 자세히 보지는 못했지만 수현의 단단한 상반신을 본 이소진의 얼굴은 살짝 붉어졌다.

"여기 옷 가져다 놨으니 나 나가면 얼른 입고 나와!"

이소진은 자신의 할 말을 마치고 도망치듯 밖으로 나갔다.

그녀는 지금 이불 안에 있는 수현의 상태를 잘 알고 있었기에 자리를 피한 것이다.

이소진이 밖으로 나가고 수현은 얼른 침대 밖으로 나와 침대 아래 이소진이 가져다 놓은 자신의 옷을 입었다.

"젠장! 어떻게 누나들의 얼굴을 보지……."

수현은 옷을 입으면서 참으로 난감했다.

비록 이소진의 장단에 맞추기는 했지만 그건 그거고 자신은 자신이었다.

모든 것을 알고 있는 수현은 어떻게 두 사람의 얼굴을 봐야 할지 난감했다.

하지만 언제까지 이곳에 있을 수는 없으니 일단 어떻게 되든 부딪혀 보기로 하였다.

덜컹!

방문을 열고 밖으로 나가니 최유진의 모습이 보였다.

"누……."

"일단 이것 받아!"

최유진은 들고 있던 옷가지를 수현에게 넘기며 말을 하였다.

아무런 표정 변화 없는 최유진의 모습에 수현은 일단 그녀의 말에 그녀가 넘겨주는 옷가지를 받았다.

"우선 씻고 와! 그 뒤에 이야기하자!"

수현은 그녀의 말에 아무런 답도 하지 못하고 두 눈만 깜빡거렸다.

멀뚱히 서 있는 수현을 뒤로 하고 최유진은 주방에서 뭔가를 하고 있는 이소진에게로 갔다.

그런 최유진의 뒷모습을 지켜보던 수현은 조용히 몸을 돌려 거실 화장실로 향했다.

샤워를 마친 수현은 최유진이 준 옷으로 갈아입었다.

속옷부터 시작해 갈아입은 모든 옷들은 포장도 뜯지 않은 새것들이었다.

최유진의 남편이 가지고 있는 것 중 한 번도 사용하지 않은 새것을 수현에게 준 것 같았다.

하긴 최유진만 스타가 아니라 그녀의 남편도 스포츠 쪽에선 대스타였다.

국가대표로 시합에 출전을 했을 정도로 유명한 축구 선수였기에 협찬 들어오는 옷이나 장신구들이 많았다.

그중에는 한 번도 사용하지 않은 제품도 상당했다.

그중 일부를 지금 수현이 입은 것이다.

다만 최유진의 남편보다 수현의 키가 더 커서 그런지 옷이 조금은 타이트했다.

옷을 다 갈아입은 수현은 어제 입고 왔던 옷가지는 종이백에 넣었다.

그것을 손님방 한쪽에 놓고 주방으로 향했다.

조금 전 샤워를 하러가기 전 최유진이 한 말 때문에 그녀를 찾아간 것이다.

주방에 가니 언제 차린 것인지 식탁에는 맑은 콩나물국과 간단한 밑반찬들이 차려져 있었다.

"어서와. 앉아."

뭐가 사무적으로 들리는 최유진의 목소리였지만 수현은 조용히 그녀의 말대로 움직였다.

달그락! 달그락!

작은 소리만 들리고 식탁은 조용했다.

"잘 먹었어. 소진아 나 커피 한 잔 부탁해."

아침을 다 먹은 최유진은 이소진에게 커피를 부탁하고 거실로 향했다.

밥을 먹고 있던 수현은 잠시 수저질을 멈추고 거실로 나

가는 그녀의 뒷모습을 지켜보았다.

최유진의 부탁에 자리에서 일어난 이소진이 얼른 커피 머신으로 가서 커피를 따르면서 최유진을 돌아보는 수현의 모습을 몰래 지켜보았다.

수현은 그런 것도 모르고 최유진의 뒷모습을 보다 남은 밥을 마저 먹고 거실로 간 최유진을 따라 나섰다.

*　　　*　　　*

이소진이 가져다 준 커피를 한 모금 마신 최유진은 한참을 망설이다 입을 뗐다.

"후! 어디서부터 말을 해야 할지 모르겠다."

안방에서 나오는 수현을 보면서 최유진도 그리고 이소진도 이미 수현도 지난밤에 있었던 일들을 모두 기억하고 있다는 것을 깨달았다.

그래서 수현은 샤워를 하고 옷을 갈아입을 때 어떻게 이야기를 할지 고민을 했었다.

하지만 결론은 나오지 않았다. 일을 이대로 덮을지 아니면 또 다른 인연으로 연장할지는 아무리 고민을 한다고 해서 해결책이 나올 수가 없었다.

막말로 최유진 본인이 유부녀만 아니더라도 이렇게 고민을 할 필요도 없었겠지만 현실은 그렇지 못했다.

자신은 현재 남편과 관계가 어떻든 유부녀였고, 수현은 이제 이름을 알기 시작한 방송가 새내기였다.

최유진 자신이 이혼을 한다고 해도 지금의 관계를 이어가는 것은 문제였다.

하룻밤의 관계였다 해도 수현은 무척이나 매력적인 남자로 최유진의 머릿속에 자리를 잡았지만, 대한민국 사회 통념상 두 사람의 관계는 절대로 용납이 되지 않을 것이 분명했다.

두 사람에게는 걸리는 것들이 너무도 많았다.

더욱이 남의 말 하기 좋아하는 한국인들의 특성상 오래도록 씹을 수 있는 가십거리가 될 것이 분명했기에 최유진은 한 번에 관계를 정리하기가 어려웠다.

그리고 아직 나이는 어리지만 수현도 여러 간접 경험으로 지금 최유진이 어떤 고민을 하고 있는지 짐작할 수 있었기에 조용히 그녀의 말을 기다렸다.

아니, 처분을 기다렸다는 것이 맞았다. 비록 술김이라고는 하지만 어찌 되었든 그녀와 몸을 섞은 것은 사실이지 않은가. 이런 일에는 남자보다 여자에게 타격이 컸다.

더욱이 최유진은 유부녀였고, 대스타였다.

아마 이 일이 외부에 알려지게 된다면 그녀는 이미지에 심각한 타격을 입어 연예계에서 매장이 될 것이 분명했다.

그러니 그녀가 어떤 결론을 내리더라도 수현은 일단 그녀의 결정에 따르기로 내심 결론을 내렸다.

"일단 내가 미안하다. 한참이나 어리고 또 혈기 왕성한 너를 술기운이라고는 하지만 먼저 유혹을 했으니… 미안해!"

최유진은 말을 하면서 다시 수현과 서로를 탐닉하던 그때의 일이 생각이 났는지 얼굴이 붉어졌다.

"아, 아니에요."

작은 목소리로 사과를 하는 최유진의 말에 수현은 어쩔 줄 몰랐다.

"이번 일은 그냥 사고라고 생각하고 우리들만의 비밀로 묻어두자! 괜히 외부에 밝혀져 봐야 좋을 것 하나 없으니… 소진이 너도 그래줄 수 있지?"

최유진은 말을 하다 말고 이소진을 돌아보며 물었다.

"알겠어요. 저도 이런 일이 알려져 봐야 좋을 것 없으니 그냥 묻는 것이 좋을 것 같아요."

"수현이 너는."

이소진의 대답을 들은 최유진은 고개를 돌려 다시 수현을 보며 물었다.

그런 최유진의 질문에 수현도 더 이상 어떤 말을 하겠는가. 그는 고개를 끄덕이며 대답했다.

"알겠습니다. 그렇게 하겠습니다."

"음."

수현의 대답을 들은 최유진은 자신도 의미를 알 수 없는 낮은 신음을 흘렸다.

　자신의 말에 따르겠다는 수현의 대답이 왠지 야속하게 느껴지는 최유진이었다.

　'내가 무슨 생각을 하는 거야!'

　수현의 말에 야속한 마음이 들었다는 것에 놀란 최유진은 속으로 그렇게 소리쳤다.

　비록 수현이 자신의 경호원으로 가깝게 지냈고, 또 자신의 소개로 킹덤 엔터과 계약을 하고 모델 활동을 하고 있다고 하지만 어제까지만 해도 그저 친한 누나, 동생으로 지내는 사이였을 뿐이다.

　절대로 이성적으로 생각했던 적은 단 한 번도 없었다.

　흔히 말하는 남자 사람 친구를 뜻하는 남사친도 아닌 그냥 남자 사람이다.

　그저 아는 남자 사람 말이다. 그런데 수현의 대답에 이런 마음이 든다는 것에 최유진은 혼란스러웠다.

　'내가 수현이를 남자로 생각했단 말인가? 겨우 술기운에 원나잇 했다고?'

　평소 프라이드가 강했던 최유진이다. 남편의 외도에도 흔들리지 않고 아이들을 위해 중심을 잡고 가정을 지키려던 그녀였다.

　그런데 겨우 하룻밤 만에 가정을 지켜야 한다는 생각은

사라지고 굳이 남편이 아니더라도 된다는 마음이 들었다.

다만 자신의 말에 쉽게 대답을 하는 수현에게 자신의 매력이 작용하지 않은 것 같아 속상하다는 마음이 들었던 것이 당혹스러울 뿐이다.

"그, 그래. 네가 그렇게 대답을 해주니 나로선 고맙다는 말밖에 나오지 않는구나!"

살짝 당황한 최유진은 말을 하면서 시선을 다른 곳으로 옮겼다.

이상하게 수현을 보면서 말을 하기가 너무 힘들었기 때문이다.

"좀 이른 시각이지만 다른 사람들 눈에 띄어서 좋을 것 없으니 이만 돌아가 줄래?"

최유진은 최대한 당황한 것을 들키지 않기 위해 그렇게 말을 하였다.

"네, 알겠습니다. 그럼 전 이만 일어나 보겠습니다. 그런데 옷은……."

최유진 남편의 옷임을 알고 있는 수현은 자신이 지금 입고 있는 옷에 대한 말을 하였다.

그러자 최유진의 얼굴이 더욱 붉어졌다.

자신이 수현에게 갈아입으라고 챙겨준 옷이 남편의 옷이란 것이 생각난 것이다.

비록 한 번도 사용하지 않은 새것이지만 괜히 부끄러

웠다.

"그건 그냥 너 가져. 어차피 그 사람은 있는지도 모를 거야."

"알겠습니다. 그럼 저 먼저 일어나 보겠습니다."

수현은 최유진의 대답에 얼른 말을 하고 자리에서 일어났다.

괜히 자리가 불편했던 것이다. 그렇지 않아도 어제까지만 해도 누나라 부르던 여인과 육체관계를 가진 것 때문에 자리가 불편했는데, 이야기가 끝나자 얼른 자리를 피하고 싶었기 때문이다.

"언니, 저도 이만 가볼게요. 오늘도 스케줄은 없으니 쉬시고, 필요한 일 있으면 연락하세요."

이소진은 수현이 자리에서 일어나자 그녀도 최유진에게 말을 하고 자리에서 일어났다.

"그래, 고맙다. 네가 있어서 좀 위로가 됐다. 그리고 곧 주변 정리 끝나면 다시 활동할 계획이니 준비해 줘!"

최유진은 뭔가 결심을 한 것인지 이소진에게 덧붙였다.

"괜찮겠어요?"

"응, 어차피 내가 노력을 한다고 해서 그 인간이 돌아온다는 보장도 없고, 또 이번에는 그 인간뿐만 아니라 시댁 식구들 모두가 모의를 한 정황을 봐선……."

이야기를 하다 아직 수현이 자리에 있는 것을 확인한 최유진은 말을 멈췄다.

괜히 자신의 치부를 들키는 것 같아 그런 것이다.

"알겠어요. 그럼 전 회사로 가서 사장님께 그렇게 전할게요."

"그래 부탁해!"

최유진은 그녀가 더 이상 말하기 부담스러워 한다는 것을 깨달은 이소진이 눈치 있게 먼저 다른 말을 해주니 너무 고마웠다.

"수현 씨, 조심히 들어가요."

"예, 누님! 쉬세요."

마지막 인사를 하고 수현과 이소진은 밖으로 나왔다.

그리고 두 사람이 나가는 뒷모습을 물끄러미 바라보는 최유진의 두 눈에는 많은 생각이 담긴 듯 잔잔하게 흔들리고 있었다.

*   *   *

아침 일찍 최유진의 집을 나온 이소진과 수현은 말없이 차를 함께 타고 가고 있었다.

수현은 괜히 부담스러워 따로 가고 싶었지만 이소진의 설득에 함께 차를 타고 가는 중이다.

혼자 다니다 수현의 얼굴을 알아보는 사람이 있다면 이상한 소문이 날 수도 있고, 또 톱스타 최유진의 집 근처이고 또 이 일대가 톱스타나 재력가들이 모여 있는 곳이라 혹시 기자들의 눈에 뜨일 수 있기에 이소진이 이를 언급하며 수현을 설득했던 것이다.

수현도 이런 이소진의 설득이 능히 그럴 수 있다 수긍을 하여 불편하지만 함께 가는 중이다.

그렇게 두 사람은 한 공간에 있게 되었지만, 누가 먼저 말을 꺼낼 수도 없어 어색하게 침묵이 흘렀다.

'하, 불편하네!'

'무슨 말을 해야 하지!'

두 사람은 그렇게 서로의 눈치를 보며 어색하게 있었다.

어젯밤까지만 해도 두 사람은 무척인 편하게 이야기를 하는 사이었는데, 불과 몇 시간 만에 이렇게 어색한 사이가 될 줄은 둘 사람 다 상상하지 못해 더욱 어색하기만 했다.

"저, 수현 씨!"

"네, 네!"

갑자기 이소진이 자신을 부르자 수현은 깜짝 놀라며 큰 소리로 대답을 하였다.

그런 수현의 대답에 이소진도 놀라 수현을 불렀으면서도 바로 하고자 하는 말을 하지 못했다.

하지만 언제까지 이렇게 어색하게 있을 수는 없었다.

최유진의 담당 매니저로서 오늘 있었던 일은 그저 이들

세 사람만의 비밀로 묻어 두어야만 하는 사항이었다.

"후! 내 이야기 오해하지 말고 들어줘요."

비록 나이는 자신보다 오리지만 자신은 킹덤 엔터의 직원이고 수현은 그곳에 매니지먼트 계약을 한 모델이었다.

처음엔 모델로 계약을 했지만 이제는 그 경계도 무너지고 아직 본격적이진 않지만 방송으로도 영역을 넓히고 있는 상태였기에 톱스타 최유진의 담당 매니저라고 해도 수현을 함부로 대할 수는 없었다.

그게 두 사람이 친분이 어떻든 그건 다른 이야기였다.

지금 하려는 이야기가 사적으로 이야기를 할 수 있는 이야기가 아니라 톱스타 최유진을 담당하고 있는 전담 매니저로서 하는 공적인 이야기였기 때문에 더욱 그랬다.

"네, 말씀하세요."

수현도 지금 보이는 이소진의 말투에서 그녀가 자신에게 무슨 말을 하려는지 짐작을 하였다.

"조금 전 유진 언니도 말했지만 새벽에 있었던 일은 다 잊어 주었으면 해요."

어떻게 보면 자신의 잘못일 수도 있고, 또 자신이 담당하는 최유진에게 치명적인 일이 될 수도 있는 일이기에 이소진은 굳은 표정으로 수현에게 부탁을 하였다.

"음, 알겠습니다. 이소진 매니저님께서 어떤 의도로 그런 부탁을 하는지 저도 잘 알고 있습니다. 이 일이 어디 가서 떠들 만한 이야기가 아니란 것을 저도 잘 알고 있어요. 술 때문에 벌어진 사고였다는 것…….”

수현은 말을 하다 말고 잠시 입을 닫았다.

그냥 생각나는 대로 말을 했다가는 자칫 오해를 살 수 있는 말이 튀어 나올 수도 있었기에 생각을 정리하며 이야기를 하였다.

이 일은 자신에게도 그리고 최유진에게도 치명적으로 작용할 수 있는 사건이기에 정말로 이소진의 부탁이 아니더라도 무덤 속까지 비밀로 간직해야만 하는 비밀이었다.

“너무 걱정하지 마세요. 솔직히 저도 지금 무척이나 혼란스러워요.”

말을 하던 수현은 자신도 모르게 깊게 한숨을 쉬었다.

“하아!”

운전을 하던 이소진은 수현의 한숨 소리를 듣고 자신이 잘못을 했다는 것을 그때서야 깨달았다.

자신이 최유진의 담당 매니저로서 그녀만을 걱정하고 있을 때, 수현은 혼자서 이번 일에 관해 감당하고 있었다는 것을 방금 전 한숨 소리에서 느꼈던 것이다.

“미안해 수현 씨, 유진 언니 매니저라는 생각에 수현 씨도 이번 일로 고민을 하고 있다는 것을 깜빡했네.”

“아닙니다. 이소진 매니저님의 입장도 이해하고 있으니…….”

'아!'

소진은 수현의 대답을 듣다 속으로 안타까운 한숨을 쉬었다.

조금 전까지 최유진에 대한 걱정만으로 머릿속이 복잡해 느끼지 못하고 있었는데, 방금 어느 정도 수현의 입장을 받아들일 여유가 생기면서 깨달았다.

조금 전, 그러니까 자신이 먼저 이야기를 꺼내면서 수현이 답변을 할 때, 이전과 달랐다는 것을 알게 되었다.

어제 저녁 함께 스케줄을 하고 최유진의 전화를 받고 그녀의 집으로 갈 때까지만 해도 수현은 자신에게 누나라 불렀었다.

하지만 조금 전부터 대화에서 수현이 자신을 부르는 호칭이 '이소진 매니저님'이라는 것을 지금에서야 깨달은 것이다.

'다시 멀어졌구나!'

수현이 처음 최유진의 경호원으로 계약을 하면서 함께 일을 시작했다.

근접 경호를 하면서 1년 가까이 최유진의 곁에서 함께 생활을 하였다.

처음에는 어색한 것도 있었지만 최유진이란 매개체로 인해 금방 친해졌다.

친해진 뒤로는 누나, 동생하며 무척이나 가깝게 지냈다.

그랬기에 최유진이 요즘 개인적인 일로 스케줄을 하지 않아 시간이 나자 매니저가 없는 수현의 스케줄을 봐주고 있었다.

그런데 그런 관계를 자신이 깼다는 것을 이제야 알게 된 이소진은 순간 수현에게 어떤 말을 해야 할지 혼란스러웠다.

괜히 미안하기도 하고 또 뭔가 수현에게 잘못을 한 것도 같아 뭐라고 변명을 해야 할 것 같은데, 막상 하려고 하니 어떤 말을 해야 할지 갈피를 잡을 수가 없었다.

"회사로 가는 중이면 저도 근처에서 내려주세요."

"왜? 내가 집까지 데려다 줄게!"

이소진은 막 뭐라고 사과를 하려던 순간에 수현이 회사 근처에서 내려달라는 말에 놀라 수현을 쳐다보며 물었다.

"어차피 몇 시간 뒤에 스케줄 때문에 회사로 나와야 하니 그냥 회사 근처에서 쉬다 나오려고요."

막 설명을 하다 말고 새벽에 있었던 최유진과의 일이 다시 생각나 얼굴이 붉어졌다.

그런 수현의 모습에 이소진도 무엇 때문에 수현이 집이 아닌 회사 근처에서 내리려는지 깨달았다.

'이런!'

이소진도 수현이 무엇 때문에 그런 말을 했는지 깨닫고 얼굴이 붉어졌다.

두 사람은 자신이 새벽에 깨우는 바람에 제대로 잠을 자지 못했을 것이란 사실과 자신이 깨우러 최유진의 안방에 들어갔던 일 그리고 최유진을 깨우고 나중에 혼자 남아 있던 수현을 깨우다 그의 알몸인 상체를 보았던 때가 떠올라 괜히 부끄러워졌다.

참으로 어떻게 처신을 해야 할지 갈피를 잡을 수 없는 순간이 차 안에 강림하며 순간 차 안은 침묵이 흘렀다.

*   *   *

"전 여기서 내릴게요."

수현은 회사 입구에서 내렸다.

"그래, 그럼 있다 봐!"

이소진은 차에서 내리는 수현을 보며 자연스레 낮에 스케줄 갈 때 보는 것으로 이야기를 하였다.

하지만 수현은 그런 이소진의 말을 거절하였다.

"아니에요. 저보단 유진 누나를 좀 더 케어해 주세요."

수현은 어젯밤 최유진의 상태가 걱정이 되어 부탁을 하였다.

저녁 늦게 이소진을 부른 것이나, 혼자 술을 마시던 일 그리고 술에 취해 자신들을 붙들고 결혼 생활 전반에 걸친 그녀의 고민과 스트레스를 들으면서 그녀가 겉으로 보이는 것보다 훨씬 거 힘든 상황임을 알 수 있었다.

그런데 거기에 자신과의 부적절한 일이 벌어졌으니 현재 최유진이 얼마나 힘들지 수현으로서는 감히 상상할 수가 없었다.

그래서 매니저인 이소진에게 그런 부탁을 하는 것이다.

한편 수현의 부탁을 들은 이소진은 잠시 할 말을 잊었다.

미안한 마음에 매니저 일을 해주려 했는데, 수현은 이를 거부하고 자신의 본분으로 돌아가라는 말을 하고 있었기 때문이다.

그런 수현의 말에 고맙기도 하고, 또 조금 전 차를 함께 타고 오면서 한 자신의 부탁아닌 부탁이 얼마나 수현을 무시했던 말인지 다시 한 번 깨닫게 하였다.

"알았어. 수현 씨 말대로 할게. 그런데, 오늘 스케줄도 방송 스케줄이니 회사에 말해서 매니저 붙여 줄게, 그건 거절하지 마. 회사에서 당연히 해줘야 하는 일이니."

"네, 알겠습니다. 그럼 전 이만 가볼게요."

수현은 인사를 하고 바로 뒤돌아 걸었다.

킹덤 엔터가 자리한 청담동 일대에 모텔이 있어 그곳에서 몇 시간 눈을 붙이고 스케줄 시간에 맞춰 나오려는 것이다.

"방 하나만 주세요."

"네! 301호입니다."

"네, 그런데 세 시간 뒤에 방으로 콜 좀 부탁드립니다."

수현은 모텔의 방 키를 받으며 모닝콜을 부탁했다.

스케줄 시간은 훨씬 뒤였지만 수현은 12시 전에 준비를 하려는 생각에 세 시간 뒤에 모닝콜을 부탁한 것이다.

"예, 알겠습니다."

이른 아침이었지만 모텔 직원은 수현의 모닝콜 주문에 알겠다는 대답을 하였다.

사실 청담동 일대 회사원들이 수현처럼 이른 시간에 모텔에 와서 숙박을 하면서 모닝콜을 부탁하는 일이 종종 있었기에 별로 이상하게 생각하지 않았다.

모닝콜을 부탁하고 지정된 방으로 들어 온 수현은 갑자기 몸이 무거워지는 느낌을 받았다.

"정말 피곤하네!"

왠지 피곤함이 몰려온 수현은 빠르게 옷을 탈의하고 간단하게 샤워를 하고 침대에 몸을 던졌다.

그런데 막상 침대에 누워 있으니 잠이 오지 않았다.

분명 조금 전까지 피곤해 몸에 힘이 들어가지 않았는데 막상 피곤한 몸을 침대에 눕히니 잠이 오지 않는 기현상에 시달렸다.

그러면서 새벽녘 최유진과 있었던 일들이 주마등처럼 지나갔다.

처음 최유진이 자신의 입술을 덮치던 일과 그런 최유진의 육탄 공세를 너무도 자연스럽게 거부감 없이 열정적으로 받아들이던 자신의 모습이 머릿속에 떠올랐다.

'아! 제길! 술이 문제야! 술이…….'

수현은 기억이 떠오르자 술을 탓하며 다음부턴 술을 조심해야겠다는 결심을 하였다.

술만 아니었다면 아무리 성에 굶주렸다고 하지만 최유진이 먼저 유혹을 했다고 해도 그렇게 쉽게 넘어가진 않았을 것이다.

평소 그녀를 동경하던 수현이기에 최유진은 그에게 그런 육욕의 대상이 아니었다.

그런데 스케줄이 늦게 끝난 데다 최유진의 격앙된 이야기를 듣고, 거기에 술까지 더해지다 보니 아무리 체력이 보통 사람보다 월등한 수현이라도 여러 가지가 복합되어 그만 술에 취하고 말았다.

그리고 그 결과는 남자로서는 꿈과 같은 일일 수는 있지만 그녀와의 관계를 생각하면 유혹에 넘어가선 안 되는 일이었다.

그 때문에 누나, 동생하던 두 사람의 관계도 어색해졌고, 또 그녀의 매니저인 이소진과도 관계가 이상해졌다.

사실 아침에 사실을 인지하고는 정말이지 죽고만 싶었다.

하지만 남자가 사고를 쳤으면서 무책임하게 사실을 외면하는 것도 마음에 들지 않아 그냥 최유진의 처분을 기다리기로 하고 그녀의 판결을 기다렸다.

그런데 최유진은 그 일에 대해 그냥 묻어두자는 말을 했을 뿐이다.

그냥 화를 냈다면 조금은 마음이 편했겠지만 최유진은 그러지 않았다.

그래서 더욱 수현의 마음이 무거웠다.

그렇게 침대에 누워 새벽에 있었던 일을 생각하고 또 앞으로 최유진과의 관계 등을 고민하던 수현은 어느새 잠이 들고 말았다.

Chapter 2

이재명 사장과의 미팅

웅성! 웅성!

늦은 시각, 광고 촬영을 하던 스튜디오 안이 시끄러워졌다.

장시간 촬영이 계속 되면서 잠시 휴식 시간을 갖기로 하고 각자 편한 곳에서 쉬고 있었는데, 스텝들이 모여 있던 곳에서 소란이 일어난 것이다.

수현은 아침부터 지금까지 장장 열 시간을 촬영했기 때문에 무척이나 힘이 들었다.

육체적으로야 보통 사람, 아니 운동선수보다도 월등하였기에 별로 지치지 않았지만 정신적으로는 무척이나 피곤했다.

한 달 전 최유진과의 사고 이후 그녀나 매니저인 이소진의 모습을 보지 못했기 때문이다.

묻어두자는 그 말 이후로 최유진과 연락이 닿지 않았다.

물론 수현도 그때 이후 굳이 최유진을 찾지는 않았지만 같은 소속사이고, 또 이전처럼 활발하게 활동을 하지는 않지만 그날 이후 최유진이 조금씩 활동을 재개하였기에 회사나 방송국에서 오다가다 만날 수도 있었다.

그런데 마치 자신을 피해 다니는 것처럼 얼굴을 볼 수가 없었다.

그 때문에 수현은 혹시나 최유진이 자신을 일부러 피하는 것은 아닌가 하는 생각에 요즘 상당한 스트레스를 받았다.

들리는 소문에 의하면 그녀가 이혼 수속을 밟고 있다고 하는데, 그것이 자신과의 일 때문은 아닌가 하는 생각도 들어 더욱 수현을 괴롭혔다.

자신이 아니었다면 남편과 다시 잘 되었을 수도 있지 않았을까 하는 생각 때문이다.

물론 그럴 일은 없을 것이다. 그날 함께 술을 마시며 그녀가 들려준 이야기는 이미 부부관계를 회복하기에는 늦었다는 것을 알 수 있었다.

하지만 알고 있는 것과 생각하는 것은 다른 것이었기에 수현은 그런 고민을 잊기 위해서라도 더욱 일에 몰두를 하였다.

일에 몰두할 때는 그런 생각이 들지 않았기 때문이다.

그렇지만 이렇게 쉬는 시간이면 또 다시 여러 가지 일들이 생각나면서 그를 괴롭혔다.

혼자 떨어져 있다가는 더 혼자만의 생각에 고립이 될 것 같아 수현은 자리에서 일어나 스텝들이 모여 있는 곳으로 갔다.

"무슨 일이라도 있나요? 무슨 일인데 이렇게 소란스러워요?"

스텝들이 모여 떠들고 있는 곳에 끼어 든 수현은 친해진 조연출에게 질문을 하였다.

"어? 수현 씨!"

갑자기 누군가 다가와 질문을 하자 깜짝 놀란 조연출은 자신에게 질문을 한 사람이 누군지 얼굴을 확인하고 굳은 표정을 풀었다.

조연출이라면 비록 감독의 보조를 하는 직책이지만 촬영장 안에서는 막강한 권한을 가진 사람이다.

그런데 갑자기 자신을 놀라게 했으니 웬만한 사람이었다면 화를 냈겠지만 수현은 오늘 촬영의 메인 모델 중 한 명이기에 화를 내지 않았다.

"수현 씨도 알고 있었습니까?"

"네? 뭐요?"

조연출의 갑작스러운 질문에 수현은 대답을 하지 못하고 되물었다.

"방금 전 최유진 씨가 축구선수 송정국 씨와 공식적으로 이혼을 했다고 하네요."

"아!"

수현은 조연출의 대답을 듣고 짧게 안타까운 탄성을 질렀다.

이미 한 달 전 조짐은 있었지만 이렇게 빨리 이혼을 할 줄은 몰랐다.

보통 법원에 이혼 소송을 접수하면 판사들은 웬만해선 부부가 이혼을 하는 것은 막으려 한다.

더욱이 최유진처럼 두 사람 간에 미취학 아동이 있는 가정에는 더욱 그러하다.

그런데 어떻게 된 일인지 최유진과 송정국 부부의 이혼 재판은 신속하게 결정이 났다.

"이혼이 공식적으로 인정이 된 것인가요?"

수현은 믿을 수 없는 이야기에 혹시 이혼 소송을 했다는 소식이 잘못 전해진 것은 아닌가 하는 생각에 다시 물었다.

하지만 재차 들려온 답변은 그런 수현의 생각을 깨뜨렸다.

"아니 공식 이혼 판결이 났대! 아! 저기 다시 나오네!"

조연출은 설명을 하다 말고 소리쳤다.

그 소리에 수현은 얼른 고개를 돌리고 스튜디오 한 쪽에 놓인 TV 화면을 쳐다보았다.

"음!"

뉴스에서는 톱스타 최유진의 이혼 소식이 커다란 자막과 함께 보도가 되고 있었다.

가정법원을 빠르게 빠져나오는 최유진 부부의 모습이 카메라에 찍히고 있었으며, 커다란 모자에 짙은 검정색 선글라스를 쓴 최유진의 모습이 보였다.

한 달 전에 보았던 모습과는 다르게 마음고생이 심했는지 상당히 살이 빠지고 초췌해 보였다.

─ 갑자기 이혼을 하셨는데, 어떤 심정으로 그런 결정을 하신 겁니까? 항간에는 남편인 송정국 씨에게 내연녀가 있었다고 하는데, 사실입니까?

TV화면 안에 기자 한 명이 커다란 마이크를 법원을 떠나는 최유진의 뒤를 따르며 질문하는 모습이 카메라에 고스란히 찍히고 있었다.

─ 그런 질문은 송정국 씨에게 하세요. 비켜요, 비키라고요!

최유진의 옆에서 그녀가 가는 길을 막는 기자들을 저지하며 소리치는 이소진의 모습도 보였다.

TV 속 최유진은 기자들의 질문 속에서도 아무런 대답도 않고 자신이 타고 온 차에 올라타는 모습이 보였고, 뒤이어 매니저인 이소진이 그 차에 올라타 법원을 떠나는 모습이 보였다.

― 아시아의 여왕으로 불리는 톱스타 최유진 씨는 OO년 XX월 XX일 남편인 송정국 씨를 상대로 이혼 소송을 재기하였고, OO년 XX월 YY일인 오늘, 법원으로부터 최종 이혼 판결을 받아 두 사람은 공식적으로 남남이 되었습니다. 한편 이번 이혼 소송의 원인으로……

최유진이 탄 차량이 현장을 떠났음에도 남은 기자들은 멀어지는 최유진의 차를 찍으며 계속해서 떠들고 있었다.

하지만 그것을 보고 있는 수현의 귀에는 아무런 말도 들리지 않았다.

'하!'

그저 최유진의 이혼 소식에 마음이 더욱 무거워질 뿐이다.

"자! 쉴 만큼 쉬었으니 다시 촬영 들어가자고!"

언제 돌아왔는지 촬영 감독이 스튜디오 안으로 들어오면서 모여 있던 스텝들에게 소리치며 촬영 재개를 알렸다.

그 때문에 수현도 다시 촬영 준비를 하느라 상념에서 벗어났다.

*　　　*　　　*

수현은 아침 일찍 회사인 킹덤 엔터로 나왔다.

모델인 수현이 이렇게 아침 일찍 회사에 나오는 일은 좀처럼 없는데, 오늘은 사장인 이재명 사장이 보자고 해서 나온 것이다.

그런데 수현은 이재명 사장이 무엇 때문에 아침부터 자신을 회사로 부른 것인지 알 수가 없었다.

비록 수현이 이름을 알리고 있기는 하지만 그건 어디까지나 모델 업계에서 조금 알려진 정도다.

즉 킹덤 엔터의 사장인 이재명이 신경을 쓸 정도는 아니라는 소리다.

그런데 이재명이 일개 모델인 수현을 불렀다는 것은 뭔가 심각한 이야기라는 말이었다.

하지만 수현은 아무리 사장인 이재명이 직접 자신을 부를 만한 일이 뭐가 있을까 생각해 보아도 마땅히 떠오르지 않았다.

'고민해 봐야 떠오르는 것도 없고… 가보면 알겠지.'

아무리 생각해도 떠오르지 않는 이유에 수현은 더 이상

고민하지 않기로 하였다.

그러면서 그의 발걸음은 조금 전보다 더욱 빨라졌다.

아직까지 수현은 차를 사지 않아 대중교통을 이용하고 있었다.

여러 편의 광고를 찍고 또 옥외 광고판이 붙어 있기는 하지만 그뿐이었다.

대중교통을 타고 다녀도 아는 사람만 수현을 알아볼 뿐이지 바쁜 현대인들에게 유명 스타가 아닌 이상 알아보는 이들은 별로 없었다.

그런 이유로 아직까지 차도 사지 않고 대중교통을 이용하는 것이다.

비록 군대에서 가지게 된 운전 트라우마는 낙뢰 사고 이후 정신 스탯이 높아지면서 극복을 하였지만, 그래도 수현은 자동차 운전을 그리 좋아하지는 않았다.

그래서 최유진의 경호원을 하면서 매니저인 이소진을 대신해 운전을 한 경험은 몇 번 없었다.

스케줄이 있을 때도 혼자 다닐 때는 대중교통을 이용했고, 이러한 사실을 알기에 최유진이 개인적인 사정으로 활동을 잠정 중단했을 때 그녀의 매니저인 이소진이 가끔 수현의 스케줄을 봐줬던 것이다.

하지만 그것도 잠시, 최유진이 활동을 재개하면서 그것도 중단이 되었다.

그런데 요즘 일이 많아지면서 수현도 가끔 차의 필요성을 느꼈다.

"좋은 아침입니다."

킹덤 엔터의 로비를 들어선 수현은 안내 데스크에 서있는 킹덤 엔터의 직원을 보며 큰 소리로 인사를 하였다.

"어서 오세요."

수현이 큰 소리로 인사를 하자 안내 직원도 미소를 지으며 인사를 받아주었다.

"혹시 사장님 출근하셨습니까?"

"네, 9시에 출근하셨습니다."

사장인 이재명은 아침 일찍 출근을 해 있었다.

수현은 그런 이야기를 듣고 다시 직원에게 인사를 하고 엘리베이터로 향했다.

"그래요? 그럼 수고하세요."

"네!"

땡!

엘리베이터는 금방 도착을 하였고, 수현은 얼른 엘리베이터에 올라탔다.

*   *   *

엘리베이터에서 내린 수현은 곧장 이재명이 있는 사장실

로 향했다.

"어서오세요. 기다리고 계십니다."

수현이 도착을 하자 비서가 그를 맞이하며, 인터폰을 통해 수현의 도착을 알렸다.

삐!

"사장님! 정수현 씨 도착했습니다.

— 들여 보내세요.

"알겠습니다."

덜컥!

"들어가시지요."

비서가 인터폰을 통해 통화하는 것을 옆에서 지켜보고 있던 수현도 비서가 이재명 사장과 통화하는 이야기를 들었다.

"알겠습니다."

비서에게 인사를 하고 수현은 사장실로 들어갔다.

덜컹!

"안녕하셨습니까?"

사장실 안으로 들어간 수현은 이재명 사장의 모습이 보이자 얼른 고개를 숙이며 인사를 하였다.

"어서 와요."

수현의 인사에 이재명 사장은 편하게 인사를 받으며 수현을 맞았다.

"이재명 사장의 환대에 수현은 조심스럽게 안으로 들어왔다.

"자리에 앉아요."

수현에게 자리를 권하고 그는 인터폰으로 비서에게 차를 부탁했다.

"뭐 마실래요?"

"전 커피 마시겠습니다."

"커피? 그럼 미스 김, 커피 두 잔 부탁해요."

— 알겠습니다, 사장님!

인터폰으로 차를 주문한 이재명 사장은 수현이 있는 쇼파로 다가와 앉았다.

그가 다가오자 수현은 긴장을 한 상태로 이재명 사장을 보았다.

"긴장하지 말아요. 요즘 수현 씨 찾는 곳도 많고 잘해주고 있다고 하더군요."

이재명 사장은 가벼운 칭찬을 하며 수현의 긴장을 풀어주려고 하였다.

그런 이재명 사장의 말에 수현은 오늘 미팅이 안 좋은 일 때문이 아닌 것 같아 안심이 되었다.

처음 이곳을 찾았을 때는 뭣 모르고 찾아왔기에 무덤덤할 수 있었는데, 지금은 소속사 사장과 소속 모델의 입장으로 미팅을 하는 것이라 긴장했던 것이다.

턱! 턱!

언제 들어왔는지 비서가 커피 두 잔을 테이블에 내려놓고 났다.

"일단 들어요."

"예."

잠시 커피를 마시느라 침묵이 흘렀다.

그리고 마시던 커피 잔을 내려놓은 이재명이 이야기를 시작했다.

"천천히 마시며 들어요."

가볍게 운을 땐 이재명은 수현에게 자신이 오늘 아침 일찍부터 그를 부른 이유를 말하기 시작했다.

"오늘 내가 수현 씨를 부른 이유는 다름이 아니라, 활동 영역을 넓혀보는 것이 어떤가 하고 의사를 물어보기 위해 부른 것입니다."

비록 수현이 이재명 사장에 비해 나이는 어리지만 이재명에게 수현은 매니지먼트 계약을 한 소속 아티스트였다.

그러니 수현이 자신보다 어리다는 이유로 반말을 할 수는 없는 일이었다.

하지만 수현은 그럴수록 이재명이 더욱 어려웠다.

"영역을 넓히다니 구체적으로 어떤 것을 말씀 하시는 것인지……."

수현은 갑작스러운 이재명 사장의 이야기에 순간 이야기

의 주제를 알 수가 없었다.

"뭐 다른 말이 아니라, 수현 씨도 모델의 수명이 무척이나 짧다는 것 아시죠?"

이재명은 모델에 관한 이야기를 하였다.

전반적으로 모델의 수명은 무척이나 짧다.

모델은 이미지를 먹고 산다. 그런데 인기가 있다고 해서 이곳저곳 많은 곳에 나오게 되면 그만큼 이미지 소모가 심해져 결국 소비자에게 식상함을 느끼게 한다.

즉 소비자가 그 모델에게서 식상함을 느낄 때가 바로 모델 생명이 끝나는 때인데, 이게 생각보다 빠르다는 것이다.

수현은 비록 모델이 된지 1년여가 되었을 뿐이지만 모델 생명이 언제 끝날지는 아무도 몰랐다.

다만 그 시기가 몇 년 남지 않았다는 것만은 확실했다.

나이를 먹어가면서 육체는 자연적으로 노화되어 간다.

그렇다는 말은 소비자에게 제품을 어필하게 만드는 힘이 줄어든다는 말과 같았다.

그러니 이미지 소비가 끝나기 전에 모델들은 새로운 직업을 알아보던가 자신만의 무기를 개발해서 새로운 소비 이미지를 만들어야 한다.

그리고 지금 이재명 사장은 수현에게 그런 새로운 소비 이미지를 만들자고 제안하는 것이다.

"요즘 방송국에서도 종종 찾는다고 하니 굳이 모델만 고집할 것이 아니라 방송, 즉 예능이나 그것도 아니면 리포터 등등 여러 가지가 있으니 한 번 생각해보자는 것이지요."

이재명 사장은 지금은 비록 수현이 모델로서 인기를 끌고 있지만, 이 인기가 언제가지 계속될 것이란 생각을 하지 않았다.

더욱이 수현이 모델이 되고 또 인기를 끌게 된 원인이 본인의 매력도 있지만 결정적으로 수현이 아시아의 여왕이라 불리는 톱스타 최유진의 후광을 받았기 때문이라 생각을 하였다.

그런데 요즘 최유진의 아성이 흔들리고 있었다.

최유진의 아성이 흔들린 원인은 바로 그녀의 이혼 때문인데, 비록 그녀가 잘못해서 이혼을 한 것이 아니라 배우자인 송정국의 외도로 인한 어쩔 수 없는 불행한 사태였다 해도 일단 무결점의 그녀에게 이혼이라는 사건은 부정적인 이미지를 심기 충분했다.

그러니 그녀의 경호원 출신이라는 것으로 인기를 끌었던 정수현이라는 모델의 값어치는 덩달아 살짝 떨어진 감이 없지 않았다.

실제로도 이전 최유진의 이혼 발표 이전과 이후 수현의 스케줄이 점점 줄어들고 있었다.

그래서 이재명과 킹덤 엔터에서는 대책을 새우게 되었는데, 그 대책이 바로 활동 영역을 넓히는 것이다.

"경호원 출신으로 운동도 잘하니 '도전! 드림팀' 같은 야외 예능 어때요?"

수현은 갑작스러운 이재명 사장의 제안에 눈만 깜빡였다.

도전! 드림팀은 공중파 방송인 KTV의 간판 예능 중 하나다.

일요일 오전 방송되는 이 프로는 스포츠와 장애물 경기 그리고 예능을 합친 것으로, 스타 등용문으로 불리는 프로그램이다.

연예인 중 운동 신경이 뛰어난 이들과 각 분야의 대표팀이 대결하는 구도로 진행이 되는 이 프로그램은 한때 방송 종료가 되기도 했지만 새롭게 재구성을 하여 부활을 하였고, 현재 최고의 인기 예능 프로그램이 되었다.

그런 유명한 프로그램을 언급하는 이재명 사장의 말에 수현은 놀람을 감추지 않았다.

지금 그가 하는 말은 킹덤 엔터의 힘으로 그 자리에 수현을 꽂아 넣어줄 수 있다는 말이나 마찬가지였기 때문이다.

"할 수만 있다면 저도 그 프로 하고 싶네요."

수현은 이재명 사장의 제안에 바로 대답을 하였다.

실제로 수현도 가끔 그 프로를 본다.

그때마다 드는 생각은 나라면 저들보다 잘 할 수 있을까 하는 생각이었다.

일반인과 다르게 수현은 시스템의 도움으로 월등한 신체

스펙을 가지고 있다.

그러니 그들과 경쟁을 하면서 자신의 한계가 어느 정도인지 알아보고 싶은 생각이 있었다.

그러던 차에 사장인 이재명이 제안을 하니 수락을 하지 않을 수 없었다.

"그럼 회사의 제안을 수락하겠다는 말이죠?"

이재명 사장은 확인을 받듯 다시 한 번 물었다.

"예, 설마 사장님께서 제게 안 좋은 일을 제안하시겠습니까? 제게도 활동 영역을 넓히는 것도 괜찮은 생각이라 판단되네요."

"하하, 잘 생각했어요. 예능을 시작으로 드라마와 영화에도 진출을 하는 것입니다."

이재명은 수현이 자신의 제안을 승낙하자마자 앞으로의 비전을 말했다.

사실 킹덤 엔터에 모델은 수현 혼자뿐이다.

배우나 연기자 그리고 가수 라인은 있지만 모델은 수현 혼자라 어떻게 케어를 해줄 수가 없었다.

그저 다른 스타들의 스케줄을 잡으면서 모델 쪽 일을 어느 정도 알고는 있었기에 지금까지는 수현을 보조해 줄 수 있었지만 모델로써 성공을 하기에는 킹덤 엔터의 현 시스템으로는 부족했다.

그렇다고 수현을 위해 그를 포기하고 전문 모델 에이전시로 보내기에는 수현이 너무도 아까웠다.

그래서 이재명은 수현을 다른 곳에 보내는 대신 다른 쪽으로 활용하기로 계획한 것이다.

전문 모델이 아닌 자신들의 전문 분야로 끌어들여 수현이 어떤 직종에 적합한지 확인을 하고 그것을 더욱 끼워 성공을 시킨다는 계획이다.

물론 수현이 이것을 거부하면 모두 소용이 없지만 일단 수현이 승낙을 하였다.

수현의 자신의 제안을 받아들이자 이재명 사장의 머릿속에 여러 가지 계획들이 빠르게 떠올랐다.

"일단 앞으로 어떻게 할지는 우리가 준비할 테니 수현 씨는 그럼 마음의 준비를 하고 있어요."

"알겠습니다. 기대에 어긋나지 않게 열심히 하겠습니다."

"그렇게 말해주니 내가 고맙네요. 그럼 나가보세요."

"그럼 나가보겠습니다."

수현은 이재명 사장에게 인사를 하고 방을 나왔다.

자신의 집무실을 나가는 수현의 뒷모습을 보며 조금 전 떠올랐던 계획들을 생각하던 이재명은 작게 한숨을 쉬었다.

*   *   *

이재명 사장과 미팅이 있은 후 수현의 일과는 많은 것이 달라졌다.

이전에는 모델 일만 주로 했었기에 그에 필요한 교육만 받았다.

하지만 미팅 이후 활동 영역을 넓히기로 합의를 하였기에 수현이 받아야 할 교육들이 늘었다.

그 대표적인 것이 바로 연기에 관한 것이다.

수현도 킹덤 엔터 소속 연예인으로 간간히 영화나 드라마에 엑스트라를 하였었다.

모델만으로는 그렇게 많은 수입을 올릴 수 없기에 킹덤 엔터에서 그런 스케줄을 잡아 주었던 것이다.

물론 킹덤 엔터에서 이런 스케줄을 잡아주는 것에 수현은 별 불만이 없었다.

아직 인지도가 높지 않았을 때였고, 또 자신의 수입이 늘어나는 일인데 마다할 일이 아니지 않은가. 더욱이 킹덤 엔터에서 이런 스케줄을 잡아준 데에는 가장 결정적으로 킹덤 엔터도 그렇지만 수현도 전문 모델로서 갖춰야 소양이 부족했기 때문이다.

전문 모델 에이전시가 아니다보니 수현에게 모델로서의 소양을 가르쳐주는데 한계가 있는 킹덤 엔터다.

그리고 수현도 전문 모델이 아닌 아주 우연히 사진 작가인 김영만에게 발탁이 되어 모델을 시작한 것이다.

그러다보니 모델로서 가장 돈이 되는 런웨이에 오를 정도

의 실력이 되지 못하니 킹덤 엔터에서 스케줄을 잡아주는 것에는 한계가 있을 수밖에 없었다.

그렇다고 소속 연예인을 놀릴 수는 없는 일이기에 킹덤 엔터에서는 고육지책으로 수현을 라디오 방송 게스트나 드라마와 영화 엑스트라 일을 잡아주게 된 것이다.

물론 그런 스케줄을 잡아주기 전에 간단하게 수현이 소화할 수 있도록 그에 관한 교육을 해주기는 했다.

그런 것이야 킹덤 엔터가 전문이었기에 연기나 언변과 카메라 앵글에 잘 찍히는 방법 등 여러 가지를 속성으로 교육을 하였고, 그런 킹덤 엔터의 속성교육은 수현의 뛰어난 지능과 만나 시너지 효과를 발휘해 지금의 인기를 만들어 냈다.

비록 엑스트라로 출연한 것이지만 생각보다 뛰어난 수현의 연기력과 존재감으로 인해 방송국 PD나 영화계 감독과 조감독들에게 눈도장을 찍어놓은 상태다.

물론 주연이나 조연급은 아니지만 어느 정도 비중이 있는 배역을 맡겨볼 수 있는 정도의 인식을 갖게 하였다.

사실 이재명 사장도 수현에게 이 정도 능력이 있을 것이라고는 예상하지 못했다.

처음엔 김대명 사장과 함께 찾아와 최유진의 개인 경호원으로 계약을 했었다.

경호원으로 경험은 없었지만 처음 만났을 때 이야기를 해본 결과 성실함과 책임감이 투철할 것으로 예상이 되었고, 결정적으로 경호를 받을 최유진과 안면도 있고 그녀가 원했기에 경호원으로 계약을 한 것이다.

그러다 생각지도 않게 모델로서 가능성이 보여 지금까지 한 번도 받아 본적이 없는 모델을 소속 연예인으로 계약을 하였다.

그런데 수현을 알게 되면 될수록 참으로 많은 새로운 것들을 발견하게 되면서 이재명은 수현을 본격적으로 연예계로 인도하기로 결정을 하였다.

물론 이런 이재명의 결정에 많은 영향을 미치는 일이 있기는 했지만 비밀로 하기로 약속을 했기에 이재명은 수현과 미팅을 할 당시에 그에 관한 아무런 이야기를 언급하지 않았다.

그저 수현의 능력이 아까우니 활동 영역을 넓혀보는 것이 어떠하냐는 운을 떼었을 뿐이다.

그렇게 수현은 이재명 사장과 미팅이 끝난 뒤로 비중이 적은 스케줄은 더 이상 하지 않고 본격적인 연예계 활동에 필요한 것들을 교육받는 일에 매진을 하기 시작하였다.

이전에 받던 수업 시간을 배 이상 늘려 전에는 스케줄이 잡히면 몇 시간 전에 그 스케줄에 맞는 교육을 짧은 시간에 속성으로 받았던 것과 다르게 체계적인 커리큘럼을 만들어 교육이 진행되었다.

그 때문에 수현의 수익이 줄어들기는 했지만, 대학을 가지 않은 수현에게는 이런 킹덤 엔터의 교육이 무척이나 신선하게 다가왔다.

물론 킹덤 엔터에서 짜준 커리큘럼이 대학에서 연기자나 배우를 꿈꾸는 학생들이 배우는 수업과는 똑같을 수는 없겠지만 많이 비슷했다.

아니, 오히려 더 전문적이라는 것이 맞을 것이다.

왜냐하면 수현을 가르치기 위해 킹덤 엔터에서 구성한 선생님들은 모두 프로들이었기 때문이다.

비록 대학에서 강의를 하지는 않지만 대학 교수들 보다 더 전문적인 지식을 가진 이들이었다.

그런 선생님들이 맨투맨으로 교육을 하니 수현의 실력은 날로 늘어났다.

물론 수업을 받는 수현이 수업에 집중을 하였고 또 자신이 부족하다 느끼는 것은 연습은 물론이고, 시스템이라는 치트 키를 사용하기도 했기에 그의 실력은 일취월장할 수밖에 없었다.

*   *   *

수현은 아침 일찍 회사로 나와 자신에게 배당된 연습실에서 수업을 받기 위해 나와 있다.

하지만 선생님이 오시려면 아직 시간이 남았기에 전 주에 배웠던 수업 내용을 생각하며 그것을 연습하고 있었다.

"우리 그만 헤어져!"

연인과 헤어지는 장면 연기였다.

"음……."

하지만 방금 전 연기를 하였지만 뭔가 마음에 들지 않았다.

비록 헤어지자고 말은 했지만 아직 연인에 대한 미련이 남아 있는 상태에서 현실의 어려움 때문에 억지로 연인에게 헤어지자는 말을 하는 장면인데, 자신이 한 대사는 마치 아무런 감정이 없는, 아니 미련이 남지 않은 정말로 감정이 없는 무미건조한 대사였던 것이다.

그러니 당연 뭔가 어색하고 자신의 연기를 받아들이기 어려웠다.

수현 본인이 자신의 연기가 잘못되었다는 것을 알지만 수현은 이것을 어떻게 바로 잡아야 하는지 알 수가 없었다.

연기란 것이 경험이 바탕이 되는 경우가 무척이나 많다.

그런데 수현은 이런 애절한 이별을 경험한 적이 없다.

군대 있을 때 애인인 선혜가 일방적으로 이별 통보를 했을 때, 방금 전 수현이 했던 대사처럼 아무런 감정도 실리지 않은 그런 말을 하고 떠났기 때문에 방금 전에 그런 대사를 한 것이다.

하지만 상황이 맞지 않다보니 연기는 실패를 한 것이었다.

"선생님이 내준 숙제를 아직 이해하지도 못했는데 어떻게 하지?"

단순한 이별이나 슬픔과 기쁨 등은 잘 표현할 수 있는데, 지금처럼 이별 장면에서 또 다른 감정을 싣는다는 것이 무척이나 어려웠다.

이것은 시스템의 포인트를 사용해 연기 스킬을 올린다고 해결이 될 문제가 아니었다.

실제로 이 복합적인 감정 연기에서 막혀 남은 포인트를 사용해 보기도 했다.

하지만 결과적으로 다른 연기는 더욱 실력이 향상이 되었지만 이 복합 감정 연기는 나아지지 않았다.

수현은 그 때문에 한참을 이 문제를 두고 고민을 하였다.

그리고 결론을 내리기에 아무리 시스템이지만 본인이 느끼지 못하는 감정을 알게 해주는 것은 아니란 결론을 내리게 되었다.

즉, 수현 본인이 이런 감정연기를 이해를 해야 포인트를 사용해 스킬 레벨을 올리더라도 그 효과를 볼 수 있다는 것이다.

그러니 현재 수현이 보다 나은 감정 연기를 하기 위해선 우선 방금 전 했던 어설픈 연기가 아닌 진짜 배우들이 배역에 몰입을 하여 맡은 배역이 본인이 되어 그 상황에 맞는 연기를 하는 것처럼 방금 상황에 맞는 연기를 이해해야만 하였다.

덜컹!

수현이 감정 연기에 대한 고민을 하고 있을 때 연습실 문이 열렸다.

작은 소리였지만 수현은 본능적으로 소리가 들린 곳으로 고개를 돌렸다.

"오셨습니까?"

"어? 일찍 왔나보네! 뭐하고 있었어?"

수현의 인사에 안으로 들어온 사람은 수현의 인사를 받으며 뭘 하고 있었는지 물었다.

그는 수현에게 연기를 가르치는 선생님이었다.

수현을 가르친 것은 얼마 되지 않았지만 그는 수현을 가르치는 것이 너무도 좋았다.

가르치는 입장에서 배우는 사람이 자신의 수업에 집중을 하고 실력이 늘어가는 것이 보인다는 것은 무척이나 즐거운 일이기 때문이다.

"예, 가르쳐 주신 감정 연기를 좀 연습을 하고 있는데, 단순한 표현 연기는 그럭저럭 할 만한데, 본인의 감정을 숨기고 겉으로는 아닌 척 하는 연기가 잘 안 되네요."

수현은 선생님의 질문에 자신의 고민을 바로 말을 하

였다.

"물론 그런 것이 쉽진 않지, 경험이 있지 않고서야 바로 어떻게 표현을 하겠어."

선생님도 수현의 질문에 미소를 지으며 대답을 하였다.

다만 속으로는 무척이나 놀랐다.

이제 연기를 배우기 시작한 지 얼마 되지도 않았는데, 이런 고민을 하고 있다는 것이 수현이 마냥 대견해 보였다.

그가 가르치는 다른 학생들은 수현처럼 질문을 하지도 않는다.

그저 가르쳐주는 것을 기계마냥 받아들이며 연기를 마치 녹음기가 녹음된 것을 풀어내듯 되풀이할 뿐이다.

하지만 눈앞에 있는 수현은 그렇지 않았다.

의문이 되는 것은 바로바로 질문을 하고 또 자신의 설명을 들은 뒤에는 바로 그것을 적용해 보는 아주 성실하고 뛰어난 학생이었다.

그 때문에 이윤재는 수현이 너무도 기꺼웠다.

"그래, 그럼 그 어려운 부분을 한 번 해봐!"

이윤재는 수현이 어떤 부분에서 어려워하는 것인지 알아보기 위해 연기를 해보라는 말을 하였다.

"예, 알겠습니다."

수현은 대답을 하고는 조금 전 자신이 했던 연인과의 이별 장면을 보여주었다.

수현이 보여주는 연기를 지켜본 이윤재는 잠시 수현의 연기에 대해 생각을 해보았다.

참으로 어설픈 연기였다. 다른 연기와는 확연히 차이를 보이는 복잡한 감정 연기를 보면서 아직도 수현이 연기의 감을 잡지 못한 것 같아 조금 안타까웠다.

그래서 어떻게 이것을 풀어 설명을 할까? 고민을 하던 이윤재는 뭔가 생각이 났는지 눈을 반짝이며 이야기를 하였다.

"방금 전 장면은 연인과 헤어지자는 말을 하지만 속마음은 그렇지 않은 것이지?"

"예, 맞습니다."

"그럼 이렇게 바꿔서 생각을 해보자!"

이윤재는 방금 전 연기를 조금 바른 방향에서 연기를 시켜보기로 하였다.

"어린 시절을 떠올려봐."

"어린 시절이요?"

"그래, 부모님을 따라 백화점을 갔어. 그러다 장난감 가게를 지나게 된 거야."

이윤재는 수현의 연기가 경험적인 측면에서 미숙한 것을 포착하고 어린 시절 경험들을 떠올릴 만한 것을 풀어놓기 시작했다.

"가지고 싶은 장난감을 발견했지만 부모님이 그것을 사

스타일라이프

주시지 않는 거야, 어떻겠어?"

이야기를 하던 이윤재가 갑자기 질문을 하자 수현은 잠시 멈칫하다 대답을 하였다.

"울거나 사달라고 땡깡을 놓지 않을까요?"

"그렇지, 보통은 그렇겠지. 그럼 살짝 연령대를 높여보자고, 그럼 한 고등학생 정도 되었다고 생각을 해봐."

"예!"

무엇 때문이지 모르겠지만 열정적인 설명을 하는 선생님의 말에 수현은 그 말에 몰입이 되기 시작했다.

"만약 고등학생인 자네가 그와 비슷한 상황에 처했어, 그런데 여기서 조건 하나가 더 들어가는 거야!"

이윤재는 자신의 이야기에 수현이 몰입을 한다는 것을 느끼고 은근한 말투로 수현을 더욱 자신의 말에 몰입하게 만들었다.

"그 직전에 요즘 집안 형편이 어렵다는 이야기를 듣게 된 거야! 그렇다면 어떤 기분일까?"

조금 전 어린 아이와 부모가 백화점에 갔는데 장난감 가게 앞을 지나다 아이가 마음에 드는 장난감을 사달라고 하는 장면에서 상황이 조금 바뀌어 부모님의 대화를 몰래 들었는데, 집안 형편이 어려워졌다는 것을 아는 고등학생이라면 어떻게 표현을 할까 하는 질문으로 바뀌면서 수현은 뭔가 머릿속에 떠오르는 것이 있었다.

방금 이윤재 선생님이 한 이야기는 실제로 수현이 어린 시절 경험한 일과 비슷했기 때문이다.

사실 수현의 집은 그리 풍족한 편은 아니었다.

물론 아주 가난한 집도 아니지만 남들 다 하는 외식도 손에 꼽을 정도다.

하다못해 수현이 학교 입학이나 졸업 때에도 외식은 꿈도 못 꿨다.

부모님 모두 일을 하고 있던 관계로 그때에도 수현은 혼자 입학식에 참석을 하고 또 졸업식에 참석을 해야 했기 때문이다.

그 때문인지 수현은 일찍 머리가 깨었다.

학창시절 많은 음악이나 정보를 저장할 수 있는 MP3가 유행을 하였는데, 당시 웬만큼 사는 친구들은 MP3에 음악을 담아 들었고, 공부를 잘하는 학생들은 그것에 교육 방송을 담아와 자율 학습 시간에 공부를 하였다.

하지만 수현은 그럴 수 없었다. 가정 형편 때문에 MP3를 사달라고 할 수가 없었기 때문이다.

그 당시의 기억이 떠오른 수현은 조금 전 선생님인 이윤재가 어떤 의도로 그런 이야기를 꺼낸 것인지 깨달을 수 있었다.

그러면서 이중적인 감정 표현에 대해 감을 잡지 못하던 것이 어느 정도 감을 잡을 수 있게 되었다.

"방금 전 선생님께서 해주신 이야기가 무슨 말인지 조금은 알 수 있을 것 같아요."

"그래? 그럼 조금 전 대사를 한 번 다시 해봐!"

이윤재는 수현의 대답을 듣고 웃으며 연기를 다시 해보라고 하였다.

그런 선생님의 말에 수현은 눈을 감고 감정을 떠올려 보았다.

물론 그런 경험이 없기에 어릴 적 경험한 비슷한 감정을 담았다.

"우리 그만 헤어지자!"

비록 수현이 완벽하게 그 대사 상황을 이해한 것은 아니지만 아까 보여주었던 것과는 확연히 다른 모습이었다.

짝짝짝짝!

"대단해! 아주 좋았어!"

이윤재는 수현이 하는 연기를 확인하고는 놀란 눈으로 수현을 주시하며 박수를 치며 그를 칭찬하였다.

아주 작은 힌트였는데, 바로 연기의 뜻을 이해하고 감정을 이입하는 수현의 모습에 감탄했다.

"오! 나 방금 소름 돋았다."

조금 오버하면서 수현의 연기를 칭찬하는 이윤재였고, 그런 선생님의 칭찬에 수현은 마냥 부끄러워하였다.

*   *   *

　저녁 9시, 늦은 촬영을 마치고 촬영장을 빠져나온 최유
진은 지친 얼굴로 차에 올랐다.

　"언니, 집으로 바로 갈까요?"

　차에 탄 최유진을 확인한 이소진은 의자에 기대 눈을 감
고 있는 그녀를 보며 불었다.

　"아니, 회사로 가."

　하지만 최유진은 차의 목적지를 킹덤 엔터로 정했다.

　"알겠어요."

　최유진의 말을 들은 이소진은 조용히 차에 시동을 걸고
출발을 하였다.

　하지만 운전을 하면서도 뒤 자리에서 눈을 감고 있는 최
유진의 눈치를 살피기 여념이 없었다.

　"소진아."

　"예, 언니!"

　"운전에 신경 써."

　이소진이 운전을 하면서 자꾸만 자신의 기분에 신경을 분
산시키는 것을 아는 최유진은 그녀에게 경고를 하였다.

　그렇지 않아도 이혼녀라는 낙인 때문에 주변에서 보는 시
선이 예전만 못했다.

　그런데 괜히 사고라도 난다면 더한 구설수에 오를 수 있

었기 때문이다.

그리고 아닌 게 아니라 이소진은 모르겠지만 현재 차가 살짝살짝 흔들리고 있었다.

눈을 감고 있는 최유진으로서는 이를 느끼며 이소진에게 주의를 준 것이다.

"죄송해요. 그런데 정말로 그대로 할 생각이에요?"

이소진은 매니저로써 물어보지 않을 수 없었다.

지금 최유진에게 무척이나 중요한 시기였다.

3년을 쉬고 영화 언더그라운드로 화려하게 복귀를 하였다.

하지만 호사다마라고 한창 바빠질 시기에 남편의 외도 사실을 알게 되면서 많은 스케줄을 취소하였다.

그 때문에 최유진 본인은 물론이고 킹덤 엔터도 많은 손해를 보았다.

뿐만 아니라 최유진과 그녀의 남편 송정국 간의 이혼 소송으로 또 다시 구설수에 올랐다.

비록 그녀의 잘못은 아니라고 하지만 이혼은 한국 사회에서 무척이나 부정적으로 작용을 했다.

다시 연예계 활동을 재개하기는 했지만 그 일로 최유진의 인기가 흔들리고 있는 지금 상황에서 최유진은 또 다른 논란거리를 만들려 하고 있었다.

"네가 무슨 말을 하려는지 잘 알아."

"그럼 그냥 이대로 넘어갈 수는 없어요?"

이소진은 최유진이 하려는 일을 중단하고 그냥 묻어두길 원했다.

하지만 최유진은 그럴 생각이 없는 것 같았다.

"네가 어떻게 생각할진 모르겠지만 그건 내 자존심이 허락하지 않아!"

무슨 이유에서인진 모르겠지만 최유진의 말은 단호했다.

"정상적인 상황은 아니었다고 하지만 이 최유진을 안았던 남자가 그저 그런 사람이라는 건 용납할 수 없어!"

무표정한 얼굴로 대답을 하는 최유진의 모습은 표소 그녀를 아는 사람이라면 무척이나 생소한 모습이었다.

그래서 그럴까, 운전을 하면서도 눈 밀러를 통해 뒤 자석에 있는 최유진을 보는 이소진의 표정은 더욱 불안한 표정을 지었다.

지금 최유진은 한 달 전의 불가항력적인 사고에 집착하고 있었다.

당시 그녀의 남편과 소원해진, 아니 이미 끝장이 난 상황으로 정신적으로 황폐해진 상황에서 술에 취해 그만 사고를 치고 말았다.

육체적으로 무르익은 30대 후반의 그것도 아름다운 여인이 욕구를 해소하지 못한 상태에서 알콜이 들어갔고, 또 곁에는 젊고 강한 수컷의 향취를 풍기는 남자가 있으니 당연

이성이 마비되었을 것이다.

비록 결혼은 하지 않았지만 20대 중후반인 이소진도 그건 잘 알고 있었다.

실제로 그녀도 가끔 성욕이 참을 수 없을 정도로 뜨겁게 타오를 때가 있었다.

그럴 때면 운동을 한다던가, 아니면 많은 일거리를 한꺼번에 처리를 하면서 간접적으로 해소를 하고, 또 그렇게 해도 풀리지 않을 때면 가끔 엔조이를 할 때도 있다.

남자를 모르는 육체라면 그런 욕구도 생기지 않겠지만 이소진도 상당히 매력 있는 여인이라 예전 연애도 해보았고 또 애인과 성관계도 가져보았다.

그러니 최유진에게 그런 일이 있었다는 것을 알면서도 이해했다.

하지만 지금 최유진이 하려는 일은 그녀의 매니저로서 결코 찬성할 수가 없었다.

만약 이 일이 외부에 알려지게 된다면 지금까지 그녀가 쌓아 올린 모든 것들이 물에 쓸려가는 모래성처럼 허물어질 것이다.

그렇기에 이소진은 그녀의 매니저로써 어떻게든 막고 싶지만 본인이 자존심을 내세우며 이를 듣지 않고 있었다.

"네 걱정은 알겠지만 너와 수현이만 그때 일을 언급하지 않는다면 네가 걱정하는 일은 벌어지지 않을 거야!"

"하지만……."

"그 이야기는 그만하자! 어차피 네가 말린다고 네가 듣지 않을 것을 잘 알잖니?"

"후, 네 알겠어요. 다만… 조심하세요."

이소진은 더 이상 말을 해봐야 최유진이 듣지 않을 것을 알고 더 이상 언급을 하지 않고 그냥 조심하라는 말만 하였다.

"그래……."

이소진이 무엇 때문에 그러는 것인지 너무도 잘 알고 있는 최유진은 그녀가 듣지 못할 정도로 작게 대답을 하고 눈을 감았다.

사실 킹덤 엔터의 사장인 이재명이 수현을 불러 활동 영역을 넓히자는 제안을 한 것은 모두 최유진의 생각에서 나온 것이었다.

수현과의 불의의 사고 이후 최유진은 많은 생각을 하였다.

이미 남편과는 돌이킬 수 없을 정도로 나빠져 있었다.

아이들 때문이라도 관계를 개선해 보려 하였지만, 남편은 가정으로 돌아올 생각을 이미 오래 전에 접고 있었다.

그뿐만이 아니었다. 최유진이 송정국과의 혼인관계를 돌아보게 만든 결정적인 것은 바로 시댁 식구들의 행동을 알게 되면서다.

이미 혼인 관계가 지속될 수 없다는 것을 알면서도 아이들 때문에 어떻게든 참아보려던 때 그런 사고가 발생을 하였다.

어차피 불가항력적인 상황이라 하지만 본의 아니게 그녀도 불륜을 저지르고 말았다.

남편도 그렇고 또 자신도 이젠 남편에게 떳떳하게 말을 할 수 있는 입장이 아니게 된 것이다.

그래서 서둘러 이혼을 결정하였다.

그녀가 결심을 하고나니 이혼 절차는 일사천리로 진행이 되었다.

이미 남편 송정국은 결혼 생활을 할 생각이 오래 전부터 없었던 터라 그녀의 이혼 요구를 바로 수용했다.

최유진이 아시아의 여왕이라 불리고 있지만 송정국 또한 프로 축구 선수로서 상당한 재력을 가지고 있어 재산 분할이나 위자료 소송으로 시간을 끌 이유가 없었다.

다만 아이들 양육권에서 작은 진통이 있었지만, 이 문제도 원만하게 해결이 되었다.

현재 송정국의 내연녀가 아이들을 양육하기를 꺼려해 양육권은 최유진이 가지게 되었다.

그런데 시댁에서 아이들에게 아버지가 있어야 한다고 자꾸만 물고 늘어져 한 달에 한 번 하루 정도 만나게 해주는 것으로 합의를 하였다.

그 때문에 최유진의 이혼 소송이 한 달이나 끌게 된 것이
지 그렇지 않았다면 아마 며칠 걸리지도 않았을 것이다.

이렇게 이혼이 확실시 되면서 최유진은 또 다른 일에 들
어갔다.

그것은 바로 수현을 자신이나 전 남편인 송정국 정도의
유명인사로 만드는 일이었다.

참으로 이해할 수 없는 여심이었다.

이전에는 그저 자신을 좋아하는 팬으로 그리고 시간이 지
나 경호원으로, 그러다 친해져 누나 동생의 관계가 되었다.

그러다 술김에 사고를 치고 관계가 애매해졌다.

수현은 모르고 있지만 최유진은 종종 수현의 모습을 보았
다.

매니저인 이소진을 통해서 그의 소식도 듣기도 했다.

자신과의 일 때문에 고민을 하는 것을 알게 된 최유진은
수현의 순수함과 그가 자신을 얼마나 좋아했는지를 알 수
있었다.

물론 그것이 이성간의 사랑이 아니란 것도 잘 알고 있다.

그러면서 엉뚱한 마음이 그녀의 가슴속에서 채워졌다.

비록 나이 차이도 10년 넘게 차이가 나고, 한 번 결혼을
하고 아이도 둘씩이나 있는 그녀였기에 전면에 나서지 못하
겠지만 수현이 성공할 수 있게 도움을 주고 싶어졌다.

그래야 그녀의 자존심이 살아날 것만 같은 생각이 들었기

때문이다.

이것을 어떻게 잘 설명할 수는 없었지만 그래야만 할 것 같은 느낌에 최유진은 우선 자신의 매니저인 이소진을 자신의 계획에 끌어들였다.

자신과 수현의 사고를 가장 먼저 발견해 두 사람의 비밀을 잘 알고 있는 그녀를 자신의 계획에 끌어들이면서 이소진도 공범으로 만든 것이다.

그 다음은 킹덤 엔터 사장인 이재명을 수현 스타 만들기에 동참을 시키는 것이었는데, 이것은 의외로 쉬웠다.

소속 연예인이 인기가 높아져 스타가 되면 결과적으로 소속사의 이득이기 때문이다.

더욱이 톱스타인 자신이 도와주겠다고 하니 쌍수를 들고 환영을 했다.

물론 처음 그 이야기를 했을 때, 수현과의 관계를 의심하는 것 같았지만 옆에 매니저인 이소진이 있었기에 그 의심은 금방 해결이 되었다.

'그래, 이건 모두 내 자존심 때문이야!'

최유진은 자신이 수현을 그렇게 생각하는 것은 모두 자신의 자존심 때문이라 자위를 하였다.

Chapter 3

대면

도전! 드림팀, 이 프로는 KTV의 일요일 아침 간판 예능이었다.

무려 10년이나 방영된 장수 프로그램이기도 했다.

포맷은 수시로 바뀌기도 하였지만 기본 골자는 신체 능력이 뛰어난 연예인들과 일반인들 간의 대결 구도였다.

물론 일반인에는 보통 시청자들이 생각하는 그런 일반인이 아니라 뛰어난 스포츠 스타나 그들이 소속된 팀 그리고 형사 기동대나 소방관처럼 아주 뛰어난 신체 능력을 가진 이들과의 대결이었다.

그러다 보니 대결이 무척이나 흥미진진하였는데, 연예인

팀이라고 해도 드림팀의 구성원들은 하나같이 운동선수 못지않은 신체 스펙을 가지고 있어 스포츠 스타나 특수 직종에 있는 이들에 못지않은 경쟁력을 가지고 있었다.

그래서 매 순간 아슬아슬한 승부가 계속되면서 도전! 드림팀이란 프로그램이 인기 프로그램으로 장수할 수 있었다.

하지만 화무십일홍이라고 했던가? 열흘 붉은 꽃은 없다는 말처럼 10여 년이나 인기를 끌던 도전! 드림팀의 인지도가 점점 시청률이 떨어지면서 '예전만 못하다.', '이제 프로그램의 수명이 다 되었으니 폐지해야 한다.' 라는 말이 종종 흘러나오고 있었다.

그러던 차에 도전! 드림팀 내에도 악재가 발생했다.

바로 진행자인 유창명이 음주 뺑소니 사고를 일으킨 것이다.

시청률 하락도 문제였지만 진행자의 뺑소니 사고는 담당 PD의 머리를 감싸게 만들었다.

그렇지 않아도 위에서 프로그램 폐지 이야기가 나오는 상황에서 그런 사고가 터졌으니 누가 좋아하겠는가? 하지만 그렇다고 바로 프로그램을 폐지할 수도 없었다.

대안이 없는 상태에서 바로 간판 프로그램을 내린다는 것은 그렇지 않아도 곱지 않는 시선을 주고 있는 시청자들에게 돌을 맞을 일이었다.

그 때문에 도전! 드림팀의 담당 PD는 연일 고민을 하고 있다.

어떻게 해서든 자신이 맡은 프로그램을 잘 살려보려는 생각으로 일주일 내내 고민을 하였다.

하지만 딱히 떠오르는 대안은 없었다.

오늘도 도전! 드림팀 제작 회의가 열리고 있지만 어느 누구도 아이디어를 내지 못하고 담당PD의 시선을 피하기 바빴다.

"안 작가!"

"네, 네! 부르셨어요?"

호명을 당한 안소미 작가는 자신을 부르는 PD의 소리에 깜짝 놀라며 대답을 하였다.

"뭘 그렇게 놀라! 혹시 좋은 아이디어 없어?"

도전! 드림팀의 담당PD인 유명한은 도전! 드림팀의 작가 중 한 명인 안소미에게 물었다.

하지만 안소미 작가라고 해서 기발한 아이디어가 있는 것은 아니었다.

"죄송해요. 생각나는 것이 없어요."

"음!"

안소미 작가의 대답에 유명한은 작게 신음을 흘렸다.

정말이지 답답해 미칠 지경이었다.

아이디어는 생각나지 않고 그렇다고 이대로 가다가는 프로그램 폐지가 확실시 되고 있기 때문이다.

"저……."

아무도 아이디어를 내지 못하고 PD의 눈치만 보고 있을 때, 제작 회의실 구석 자리에서 누군가 작은 소리를 냈다.

"박 작가! 그래 무슨 할 말이라도 있나요?"

회의실 구성 자리에 있는 막내 작가인 박은지 작가가 작은 목소리로 말을 하자 바로 그것을 확인하고 발언권을 준 유명한은 눈을 반짝이며 그녀가 무슨 말을 할지 기대 어린 눈빛으로 그녀를 쳐다보았다.

"다른 게 아니라, 아예 이참에 장애물들을 새로 교체를 하는 것은 어떤가 하고요."

대답을 하는 박은지 작가는 막내 작가라는 자신의 위치 때문인지 매사에 자신감이 부족했다.

그래서 지금 안건을 내면서도 목소리에 힘이 하나 없었다.

"장애물을 새로 교체를 하자… 음 좋은 안건이긴 하지만 박 작가도 알겠지만 현재 우리 프로의 시청률 알죠?"

"네!"

"아마 위에서 하락하지 않을 겁니다. 그렇지 않아도 폐기 논의가 진행이 되고 있는데, 돈을 쓰겠습니까?"

유명한 PD도 도전! 드림팀에 사용되는 장애물에 불만이 많았다.

조금만 운동신경이 있으면 누구나 통과할 수 있는 그런

장애물이라 막말로 출연자의 기량을 판단할 수 있는 그런 것이 없었다.

출전하는 거의 모든 출연자들이 통과를 하는 장애물은 결국 마치 100m달리기나 장애물 달리기처럼 기록경기가 된 지 오래였다.

그러다보니 초기 도전! 드림팀이 선보였던 긴장감이나 출연자가 장애물에 걸려 함정에 빠져 망가지는 그런 모습도 없다보니 시청자들도 도전! 드림팀을 시시한 방송으로 인식하게 되었다.

예전에는 경쟁 프로그램도 없고 해서 어느 정도만 해도 시청률이 나와 그런 힘을 바탕으로 익숙해진 장애물을 교체하면서 긴장감을 조성했는데, 이젠 예전과 다르게 출연자들의 신체 능력도 높아졌고, 시청자들의 눈높이도 높아졌다.

하지만 도전! 드림팀을 제작하는 제작비는 10년 전이나 지금이나 비슷했다.

모든 것들이 높이, 높이 올라가는데, 제작비는 그대로다 보니 장애물을 교체할 시기를 놓치고 말았다.

그 뒤로 악순환의 연속이다. 출연자들의 신체 능력에 비해 장애물의 난이도는 그대로다.

난이도가 그대로라는 말은 출연자들에게 익숙함을 가져왔고, 이는 시청자들에게도 마찬가지다.

그러니 익숙한 프로를 누가 보려고 하겠는가? 그러다보니 시청률은 떨어지고 시청률이 떨어지니 광고 수주에 문제가 발생하고, 광고가 떨어지니 제작비를 늘릴 수가 없게 되었다.

제작비가 없으니 더 투자를 못하고 다시 처음부터 다시 반복이 되는 것이다.

시청률을 높이기 위해선 제작비부터 과감하게 투자를 하여 시청자들의 눈을 확 끓어야 하는데, 위에선 이런 것을 무시하고 그저 예전에 안 그랬는데 PD가 연출을 제대로 하지 못한다고만 닦달하고 있었다.

이는 이 자리에 있는 모두가 알고 있는 내용이었다.

그런데 막내 작가가 이런 사실을 무시하고 장애물 교체를 언급하자 유명한 PD도 그만 폭발하고 말았다.

"그걸 누가 몰라서 회의 하는 겁니까? 작가라면 어떻게 하든 시청률을 끌 만한 아이디어를 내요! 알겠어요?"

유명한 PD의 호통에 순간 회의장 분위기는 급 다운이 되고 말았다.

"저……."

또 막내 작가인 박은지 작가가 다시 손을 들었다.

"또 뭡니까? 이번에는 조금 전과 다른 새로운 아이디어이길 바랍니다."

조금 전 흥분했던 것이 미안했는지 유명한 PD는 흥분했던 기분을 누르며 말을 하였다.

"굳이 제작비를 저희만 낼 것이 아니라 저희 프로에 출연하는 출연자들이 소속된 기획사에 부담을 시키는 것은 어떻겠습니까?"

박은지 작가는 자신의 생각을 유명한 PD에게 말했다.

그런데 생각지도 않은 이야기였기에 유명한 PD는 물론이고 회의에 참석한 관계자들이 그녀의 이야기에 관심을 보였다.

"좀 더 자세히 말해보세요."

유명한 PD가 자세한 계획을 듣기 위해 몸을 기울이자 박은지 작가는 사람들의 관심이 있다는 것을 깨닫고 자신의 생각을 설명했다.

"지금은 조금 저조하지만, 예전에는 저희 프로에 자신들이 키우는 신인들을 집어넣기 위해 돈을 싸들고 왔다고 들었습니다."

박은지의 이야기가 계속될수록 유명한이나 다른 사람들의 눈이 반짝였다.

"예전에는 저희 도전! 드림팀을 스타 등용문이라고까지 불렀습니다. 지금도 저희 프로를 통해 얼굴을 알리는 신인들이 상당합니다."

물론 박은지의 말이 100% 맞는 것은 아니지만 예전에 그렇게 불리던 때도 있긴 했다.

그 당시만 해도 담당 PD나 예능국장에게 도전! 드림팀에 로비를 하는 기획사 대표들이 많았다.

제작비 지원은 물론이고 어떤 곳에서는 성 로비까지 했을 정도다.

그렇게 해서 출연한 신인들은 금방 인기를 끌고 스타가 되었다.

하지만 지금은 신인들의 얼굴을 알릴 수 있는 수단이 많아져 예전만 못했다.

더욱이 도전! 드림팀의 인기가 예전만 못해 더욱 그러한 일이 없어졌다.

그런데 그런 것을 알면서도 박은지 작가는 이런 이야기를 하고 있었다.

"어디서 제작비를 지원하겠다고 합니까?"

이 질문은 사실 관심이 있어 물어본 것이 아니라 그냥 한 질문이었다.

그런데 박은지 작가의 입에서 놀라운 말이 튀어 나왔다.

"네, 킹덤 엔터에서 제작비 일부 제공할 수 있다고 알려 왔습니다. 대신 신인 몇 명을 저희 프로에 출연시키고 싶다고 제안을 해왔습니다."

"헐! 그게 정말이야?"

"음!"

아무런 기대도 없이 한 질문인데, 박은지 작가에게서 그런 일이 있었다는 이야기가 나오자 유명한 PD는 작은 신음을 터뜨렸다.

기대도 안했는데 긍정적인 답변이 들려오자 괜히 찜찜한 기분이 들었기 때문이다.

"설마 아예 신인은 아니지? 생판 모르는 얼굴이면 아무리 제작비를 지원하다고 해도 집어넣기 힘든데……."

유명한의 고민은 이것이었다. 아무리 제작비를 기획사에서 일부 부담을 한다고 해도, 이름값도 없는 신인을 무턱대고 집어넣을 수는 없는 일이었다.

더욱이 기존 출연자를 밀어내고 들어오는 것이니 뭔가 명분에서 밀리기 때문이다.

"PD님! 어차피 벼랑 끝 아닌가요?"

"음……."

"이참에 기획사들에게 공문을 보내 제작비 지원을 하는 기획사의 신인들 위주로 출연진을 새롭게 교체를 하죠."

박은지 작가의 말이 끝나기 무섭게 여기저기서 아이디어가 나왔다.

"그래요. 그냥 기존 출연진을 교체하는 것도 그러니 새롭게 장애물을 교체하고 기존 출연진과 새로운 멤버들 간의 대결을 하는 겁니다."

"오! 그것 좋은데요. 기존 출연진이 승리를 한다면 그것대로 제작비를 지원한 기획사에 명분을 만들 수 있고, 또 새로운 멤버가 승리를 하여 출연이 확정이 되도 그것대로 기존 출연자들에게 교체 명분이 생기니 좋은 아이디어라고 생각됩니다."

박은지 작가의 안건이 나온 뒤로 그 동안 가만히 있던 스텝들이 하나둘 새로운 아이디어를 내기 시작했다.

이를 듣고 있던 유명한 PD도 이들의 이야기를 들으며 머릿속에서 그림을 그려보았다.

'괜찮은데!'

정말로 괜찮은 그림이 나왔다.

더욱이 좋은 것은 조금 전 누군가 말했던 것처럼 명분이 자신들에게 있다는 것이다.

비록 시청률은 고만고만 하지만 도전! 드림팀이 지금까지 제작될 수 있게 프로그램에 출연해 준 출연자들에게, 그리고 이들을 밀어내고 새롭게 준비하는 신인들에게도 명분이 선다는 것이 더욱 마음에 들었다.

괜히 제작비 지원을 받는다는 이유로 기획사들에게 자신들이 자칫 끌려 다닐 수도 있었는데, 이렇게 한다면 칼자루를 자신들이 쥐게 되니 굳이 그들에게 끌려 다닐 이유가 없게 된다.

"좋았어! 한 번 제대로 기획안을 만들어봐!"

유명한은 괜찮은 아이디어라 생각해 기획안을 제작해 보

라고 말했다.

그러자 회의실에 있는 스텝들의 움직임이 분주해지기 시작했고, 조금 더 괜찮은 아이디어가 나오면 그것을 보다 더 구체적으로 실행할 수 있게 아이디어를 구체화 하였다.

* * *

웅성! 웅성!

따르릉!

"여보세요."

저벅! 저벅!

커다란 사무실, 많은 회사원들이 분주하게 움직이고 있었다.

"팀장님!"

"왜?"

"KTV 도전! 드림팀에서 연락이 왔습니다."

"뭐래?"

"저희의 제안을 받아들이겠다고 합니다. 다만 바로 출연을 시키는 것이 아니라 기존 출연진과 대결을 하여 승리를 했을 때만 출연이 가능하다는데요. 어떻게 할까요?"

"음!"

킹덤 엔터의 운영 1팀 이세진은 부하 직원의 대답을 듣고 미간을 찌푸렸다.

KTV 도전! 드림팀의 입장에선 자신들의 제안이라면 바로 수용할 것이라 예상을 했는데, 생각지도 않은 복병이 튀어 나왔다.

"그래서 뭐라고 그랬어?"

"당연히 그럴 수 없다고 했죠. 제작비를 지원하면서 만약 대결에 지기라도 한다면 그 돈은 날리는 것 아닙니까? 프로그램 제작비가 한두 푼 하는 것도 아니고 그럴 수 없다고 했죠."

부하 직원은 이세진의 물음에 바로 대답을 하였다.

킹덤 엔터 입장에서 당연히 그런 말을 할 수밖에 없다.

땅 파서 장사를 하는 것도 아니고 엄청난 제작비를 지원하면서 소속 연예인을 프로에 꽂지 못한다면 굳이 할 이유가 없는 것이다.

더욱이 도전! 드림팀은 현재 인기 프로그램도 아니고 날로 인기가 하락하고 있으며, 방송가에서 조만간 폐지될 것이라 소문까지 나돌고 있는데, 솔직히 이세진의 입장에서 그런 프로에 제작비를 지원해 소속 연예인을 집어넣어야 하는지도 의문이었다.

"그래서 그들은 뭐라고 그래?"

킹덤 엔터에서 받아들이지 못하는 조건이지만 바로 일이 파토가 되는 것은 아니다.

스타라이프

뭔가 딜이 있을 것이라 생각해 물은 것이다.

"그게 기존 출연자들에 대한 명분을 위해서라도 그들도 어쩔 수 없다고 합니다. 대신 대결에서 져서 출연이 불발이 되면, 기존 멤버 중 이탈자가 발생했을 때, 우선순위로 넣어준다고 합니다."

"음!"

이세진은 갑자기 두통이 밀려오는 것이 느껴졌다.

가뜩이나 요즘 최유진의 이혼 때문에 머리가 아픈데, 그것을 해결하지도 못한 상태에서 이번 신인의 프로그램 선정 문제로 머리가 터질 것 같았다.

처음 이 건을 사장에게서 받았을 때만 해도 일이 금방 해결될 것이라 생각을 했다.

그런데 도전! 드림팀에서 이런 식으로 나오자 골치가 아팠다.

어떻게 할 것인지 잠시 고민을 하던 이세진은 한숨을 쉬고 말했다.

"일단 생각해 보겠다고 해. 난 사장님께 보고하러 가야겠다."

"알겠습니다."

부하 직원은 이세진 팀장의 지시에 바로 전화기를 들어 도전! 드림팀에 연락을 하여 조금 전 이세진의 말을 전달했다.

　　　　　　*　　　　　*　　　　　*

똑! 똑!

— 들어와.

안에서 이재명 사장의 허락이 떨어지자 이세진 팀장은 보고서를 들고 안으로 들어갔다.

"어떻게 됐어?"

이세진이 넘기는 보고서를 들여다보며 물었다.

그런 이재명 사장의 물음에 이세진은 조금 전 들었던 이야기를 그대로 전달하였다.

그 이야기를 들은 이재명 사장은 잠시 고민을 하였다.

굳이 돈만 쓰고 손해를 볼 수도 있는 일을 해야 할까라는 생각이 들었다.

하지만 이번 일은 자신이 주도하는 것이 아니라 톱스타 최유진이 자금을 대고 하는 일이었다.

일이 잘 되면 자신은 스타 한 명을 더 보유하는 것이고, 잘못 되어봐야 최유진이 돈을 잃는 것뿐이다.

무엇 때문에 최유진이 그렇게까지 하는지는 모르겠지만 이재명에게는 어느 것도 손해 볼 것은 없었다.

"좋아! 그대로 진행시켜! 그리고 정수현에게도 그대로 이야기 전하고."

"알겠습니다."

사장인 이재명의 허락이 떨어지자 이세진은 조금 전 보고를 하면서 굳어졌던 표정이 펴졌다.

사장의 결재가 떨어진 이상 일이 잘못 되어도 더 이상 자신의 잘못이 아닌 것이다.

책임 소재는 이젠 이재명 사장에게 넘어갔기에 이세진 팀장도 어느 정도 마음이 놓였다.

물론 일을 담당한 것이 이세진 팀장이기에 책임에서 한없이 자유로울 수는 없지만 어치 되었던 최종 결재권자인 이재명이 사인을 했기에 많은 것에서 벗어날 수 있었다.

*   *   *

"후욱! 후욱!"

수현은 사장인 이재명과 미팅을 했을 때, 언급이 되었던 도전! 드림팀이 새로운 시즌을 준비하면서 그 예비 멤버로 들어가게 되었다는 말을 들었다.

그 뒤로 수현은 기존에 하던 운동에 조금의 변화를 주었는데, 기존 근력 운동과 유연성 운동만 하던 것에서 이제는 평정심과 균형감각을 기를 수 있는 운동이 추가가 되었다.

그리고 이런 것을 기르는 것으로 파쿠르를 선택하였고, 전문 강사를 두고 교습을 받았다.

사실 처음에는 자신이 들어가게 될 도전! 드림팀의 진행이 빠른 시간에 각종 장애물을 통과하는 것이기에 그것에 도움이 될 만한 운동을 찾다 접한 것인데, 고층 건물에서 뛰고 벽과 벽 등 각종 장애물을 통과하면서도 중심을 잡아 빠르고 안전하게 통과를 하는 모습을 보면서 그 매력에 빠져 버렸다.

그래서 수현은 시간이 날 때마다 파쿠르를 연습하고 있다.

그런데 파쿠르를 시작한 지 얼마 되지 않았지만 수현의 파쿠르 실력은 일취월장을 하여 이제는 처음 그에게 파쿠르를 가르쳤던 강사보다 더욱 잘하게 되었다.

그도 그럴 것이 수현의 신체 능력은 일반인이 따를 수 없이 엄청났고, 또 결정적으로 수현의 엄청난 정신 스탯은 어떤 상황에서도 냉정한 이성을 가지게 만들었다.

그러다 보니 아무리 위험한 장소에서도 균형감각을 잃지 않고 냉철하게 상황을 판단할 수 있어 결정적으로 안전한 파쿠르를 할 수 있게 하였다.

그러니 수현을 가르치던 강사도 수현의 능력에 놀라 수현이 자신을 놀리는 것은 아닌가 오해를 했을 정도다.

하지만 수현이 이전에는 한 번도 파쿠르를 접해본 것이 없었고, 다만 경호원으로써 뛰어난 신체 능력과 정신력을 가지고 있음을 알리자 이해를 하고 넘어갔다.

휘익! 탁! 척!

다다다닥! 턱! 턱! 척!

수현은 빠르게 달리며 장애물을 넘고, 공중에서 다음 동작을 준비하며 안전하게 땅에 착지를 하였다.

그리고 연속으로 길을 달리면 앞을 가로막는 장애물을 밟고 그것을 뛰어 올라 높은 난간을 잡고 그것마저 뛰어 넘어 옥상에 올랐다.

수현이 뛰어 오른 건물의 옥상은 지상 10m가 넘어가는 4층 높이의 건물이었지만 파쿠르를 고수 수준으로 숙련되게 익힌 수현에게는 너무도 간단한 장애물이었다.

덜컹!

"수현 씨!"

옥상 문이 열리고 누군가 수현을 불렀다.

"아, 네!"

"이제 갈 시간입니다."

"알겠습니다. 그럼 전 좀 씻고 내려가겠습니다."

수현은 매니저가 스케줄 시간이 되었다고 알리자 연습을 중단하기로 하였다.

"그럼 씻고 나오세요. 전 주차장에서 대기하겠습니다."

수현이 모델에서 활동 영역을 넓히기로 결정하면서 수현에게도 전담 매니저가 붙었다.

모델 활동을 할 때야 굳이 매니저가 필요 없었지만 이제는 아니었다.

연예인이 되기 위해 준비를 하기로 결정을 내리면서 수현은 이전 연예계에 거부감을 느끼던 것은 신기루처럼 사라졌고, 하나하나 알아가는 것에 즐거움을 느끼며 더욱 많은 것을 알기 위해 탐구하였다.

그러면서 옛 연인이었던 선혜처럼 그런 이들만 있는 것이 아니란 것도 알게 되었다.

스타가 된다고 모두 선혜처럼 변하지 않고 최유진처럼 남들이 모르게 좋은 일을 하는 스타들도 많다는 것을 알았다.

그러면서 수현은 연예계도 인간 군상이 모인 곳이라 그곳도 다른 계통과 똑같다는 것을 깨달았다.

그저 본인 스스로가 기본을 지키면 된다는 것을 알게 되면서 연예계에 대한 거부감은 말끔히 사라졌다.

그러니 배움에도 거부감이 없어 실력이 날로 높아져 가르쳐 주시는 선생님들에게 칭찬을 받았다.

그리고 이젠 실전에 투입이 되어도 한 사람 몫을 할 수 있겠다는 말을 듣고서 정식 스케줄을 잡아 활동에 들어가는 것이다.

그랬기에 킹덤 엔터에서도 수현을 한 사람의 연예인으로 대우를 하며 매니저를 배당한 것이기도 했다.

　　　　*　　　　*　　　　*

　수현을 태운 차는 고속도로를 달려 남양주 세트장에 도착을 하였다.

　KTV의 일요일 간판 예능 프로그램인 도전! 드림팀의 촬영 장소가 바로 이곳 남양주 세트장에 마련되어 있었기에 이곳으로 온 것이다.

　그런데 수현은 남양주 세트장으로 들어가면서 감회가 새로웠다.

　1년 전 처음 최유진의 경호원으로 이곳에 왔었는데, 이제는 자신이 출연자가 되어 TV 프로그램을 찍기 위해 다시 찾은 것이다.

　물론 도전! 드림팀을 찍을 촬영장은 영화 언더그라운드 촬영장과는 다른 세트장이었지만 그래도 수현의 마음은 그때와 비슷했다.

　'기분이 참 새롭다.'

　밖의 풍경을 보며 추억에 젖어 있을 때 차가 멈췄다.

　"도착했습니다."

　"네!"

　매니저의 말에 수현은 얼른 대답을 하고 차에서 내렸다.

　조금 떨어진 곳에 여러 사람들이 모여 있는 것이 보여 그곳으로 다가가며 인사를 하였다.

"안녕하세요. 킹덤 엔터에서 온 정수현입니다."

무언가를 옮기는 촬영 스텝들을 향해 인사를 하는 수현에게 스텝들은 살짝 고개를 숙여보이고는 얼른 어디론가 바삐 움직였다.

자신의 인사에도 휭하니 지나가는 스텝들을 보면서도 수현은 전혀 인상을 찡그리지 않고 또 다른 스텝들에게 인사를 하였다.

"정수현입니다."

그렇지만 스텝들은 아직 촬영 준비가 끝나지 않아 그것들을 준비하는데 정신이 없는 관계로 수현의 인사에도 어떤 반응을 할·여유가 없었다.

"아직 준비가 덜 된 것 같네요."

언제 다가왔는지 매니저인 김성수가 수현에게 말을 하였다.

"그러게요."

"여기서 이럴 것이 아니라 PD님께 인사하러 가죠."

모델로썬 이름을 조금 알리긴 했지만 방송국 관계자들에게 아직까지 정수현이란 이름은 생소한 이름일 수밖에 없었다.

아무리 각종 방송 게스트로 출연을 했다고 하지만 모두 비중이 있는 역할이 아니라 다른 사람의 땜빵이나 엑스트라 정도의 위치였기에 KTV 간판 예능 프로 중 하나인 도전!

드림팀의 스텝이나 관계자들에게까지 이름이 알려진 것은 아닌 모양이었다.

바쁜 스텝들을 뒤로하고 수현은 촬영장 한쪽에서 스텝들에게 호통을 치며 호령을 하고 있는 유명한 PD에게 다가가 인사를 하였다.

"처음 뵙겠습니다. 킹덤 엔터의 정수현이라고 합니다."

수현은 조심스럽게 유명한 PD에게 자신을 소개했다.

"응? 킹덤 엔터?"

"네! 새롭게 개편되는 도전! 드림팀의 시즌에 참여 하고자 하는 저희 킹덤 엔터의 기대주입니다."

매니저인 김성수는 밝은 표정으로 수현에 대한 언급을 하였다.

그런 김성수의 설명에 한참 스텝들에게 지시를 내리던 유명한 PD는 수현을 돌아보았다.

'킹덤 엔터라면 가장 먼저 제작비 지원을 제안했던 기획사 아닌가?'

유명한은 김성수의 말을 듣고 가장 먼저 제작 회의 당시 처음 제작비 지원 소식을 들었던 것을 떠올렸다.

'음, 생각보다 괜찮은데!'

그리고 뒤이어 수현의 모습을 살피고는 눈을 반짝였다.

입고 있는 트레이닝복 밖으로 언뜻언뜻 보이는 근육들이 수현의 신체 능력이 평범하지 않다는 것을 나타내고 있었다.

더욱이 큰 키에 마스크도 꽃미남이라 불릴 정도는 아니지만 조각 미남이라 불러도 손상이 없을 정도로 남자답게 생겼다.

"허, 모델이라고 해도 될 정도로 마스크라던가 신체 사이즈가 좋은데!"

유명한은 수현의 모습을 스캔하고는 그렇게 내뱉었다.

하지만 수현이 정말로 모델이라고는 생각지 않고 그저 연예 기획사가 띄우려는 아이돌 멤버려니 하고 생각할 뿐이었다.

"어? 어떻게 아셨습니까? 여기 정수현 씨는 저희 킹덤엔터 유일의 톱 모델입니다."

김성수는 어떻게 하든 수현을 유명한 PD의 인상에 각인시키기 위해 수현에 대한 홍보를 하기 시작했다.

"보셔서 아시겠지만 이정도 마스크에 신체 능력을 가지고 모델만 하기에는 너무도 아깝지 않습니까?"

수현을 유명한 PD에게 살짝 밀며 김성수는 넉살 좋게 이야기를 하였다.

"경호원 출신으로 무술에도 능통하고, 마스크며 신체 비율이 아주 예술이지 않습니까?"

이야기를 하다 유명한을 보며 질문을 하였다.

그런 김성수의 질문을 받은 유명한도 다시 한 번 수현의 얼굴을 쳐다보다 자신도 모르게 긍정적인 반응을 보였다.

그 또한 두 눈이 멀쩡하기에 김성수의 질문에 수긍할 수밖에 없었다.

더욱이 모델 출신이라고 하니 카메라에도 잘 어울리는 마스크란 생각도 들었다.

그러면서 유명한 PD의 머릿속에 뭔가 스파크가 번쩍였다.

사실 도전! 드림팀이 인기가 예전만 못한 이유가 너무도 식상한 장애물로 인한 루즈한 진행이기도 했지만 결정적으로 도전! 드림팀 최고의 레전드 미키 김의 독보적인 신체 능력 때문이기도 했다.

미키 김은 재미교포로 그는 미국 해병대에 복무를 했을 정도로 신체 능력도 뛰어나고 또 백인 아버지와 한국계 미국인인 어머니 사이에서 태어난 혼혈로 상당한 미남이었다.

하지만 한국에서는 그다지 인기를 끌지 못하다, KTV간판 예능인 도전! 드림팀에 출연을 하면서 미국 해병대에서 익혔던 각종 무술과 훈련이 빛을 발하면서 일약 스타로 발돋움했다.

도전! 드림팀의 각종 기록들을 갱신하며 무려 25번의 우승 경력이 있을 정도로 신체 스펙이 아주 뛰어나 시청자들에게 환호를 받았다.

그러나 미키 김이 우승을 하고 또 기록을 갱신할 때마다 환호를 보내던 시청자들이 어느 순간 도전! 드림팀을 외면하기 시작했다.

그의 우승에 박수를 보내기는 하지만 매번 우승을 하다 보니 이젠 너무 식상했던 것이다.

물론 다른 출연진이나 도전팀이 약한 것은 아니다.

하지만 너무 일방적으로 우승을 하니 흥미가 떨어진 것이었다.

그렇다고 이미 도전! 드림팀의 간판이 된 미키 김을 빼고 갈 수도 없었다.

그런데 지금 눈앞에 미키 김만큼이나 훤칠한 키에 잘생긴 외모를 가지고 언뜻 봐도 상당한 신체 능력을 가졌을 것 같은 수현의 모습에 그림이 그려졌다.

더욱이 매니저의 설명에 경호원 출신에 무술 실력이 뛰어나다는 말이 그의 머릿속에 가득했다.

"킹덤 엔터에서 총력을 기울이는 유망주라는 말이죠?"

"그렇습니다. 그러니 잘 좀 부탁드립니다."

김성수는 유명한 PD의 말을 받으며 고개를 숙였다.

"뭐 오늘 서바이벌에서 살아남아 계속 봤으면 좋겠네요."

유명한 PD는 김성수의 말에도 알 수 없는 미소를 지으며 애매모호한 대답을 하였다.

"그야 그렇지요. 하지만 우리 수현 씨의 재능이라면 충분히 이번 시즌에 살아남을 수 있을 겁니다."

김성수는 유명한 PD의 말에 마치 당연한 것을 말하듯 수현에 대한 믿음을 보여주면서 어떤 흔들림도 보이지 않았다.

너무도 당연하다는 듯 말을 하는 김성수의 말에 유명한은 다시 한 번 수현을 돌아보았다.

도대체 어떤 사람이기에 매니저가 저렇게 당연하다는 듯 확신을 하는지 호기심이 생긴 때문이다.

*   *   *

남양주 세트장 한쪽에 마련된 휴게실 일단의 사내들이 불안한 표정으로 자리하고 있었다.

그중 한 명이 유독 뭔가 불만이 많은 표정으로 함께 하고 있는 사람들에게 떠들고 있다.

"형님들 이거 너무한 것 아니에요?"

도전! 드림팀 출연진 중에서 나이가 가장 어린 손준영이 얼굴을 붉혀가며 열변을 통했다.

"어떻게 이럴 수 있어요. 그동안 우리가 이 프로를 위해서 노력을 했는데, 새 시즌에 들어간다고 예선전을 치르라니요."

손준영이 이렇게 다른 출연자들을 붙잡고 열변을 통하고 있는 이유는 혹시나 도전! 드림팀이 새로운 시즌에 들어가면서 혹시나 자신의 출연에 탈락을 할 수도 있다는 생각에 다른 사람들과 함께 단체 행동을 보여 유명한 PD를 압박해 자신의 자리를 잡으려는 행동에서 비롯된 것이다.

원래 오디션 선발 프로그램 출신인 손준영은 오디션 프로에서 탑10 안에 들어가면서 중소 연예 기획사와 계약을 하고 연예인이 되었다.

오디션 프로그램 출신답게 초기 인지도를 이용해 각종 예능 프로그램에 출연을 하고, 또 케이블 TV에 고정 출연을 하면서 인기를 끌게 되었다.

하지만 그의 인기는 금방 사그라졌는데, 그의 인기가 사그라진 원인은 별거 없었다.

학력이 낮아서 그런 것인지 아니면 원래 성향이 그런 것인지 방송에 부적절한 단어를 사용한다거나 무례한 행동 등이 점차 쌓이게 되면서 그의 인기를 잡아먹는 원인이 되었다.

방송 초기만 해도 거침없는 그의 언행에 그동안 방송에서는 보지 못한 신선함을 느껴 시청자들에게 인기가 높아졌지만, 시간이 지나면서 각종 예능에 노출이 되자 그것은 방송을 위한 신선한 충격이 아닌 무식하고 무례한 것이었다는 것이 밝혀졌다.

뿐만 아니라 여성 출연자와 부적절한 신체 접촉을 하면서 여성 출연자에게 성추행을 하는 모습이 방송에 여과 없이 송출이 되면서 여성 단체에 항의를 받기도 하는 등 문제가 많이 일어나면서 공중파는 물론이고 케이블에서도 그를 찾는 곳이 하나둘 줄어들었다.

그러니 그가 도전! 드림팀에 목숨을 거는 것은 당연했다.

하지만 그런 손준영의 행태에 다른 출연자들도 뭐라 말은 하지 않았지만 도전! 드림팀 연출부에 불만이 있던 터라 손준영에게 뭐라고 하는 사람은 아무도 없었다.

똑! 똑!

덜컹!

막 손준영이 뭐라고 다시 불만을 토하려고 할 때, 노크 소리가 들리며 휴게실 문이 열렸다.

"처음 뵙겠습니다."

휴게실 문을 열고 들어온 수현은 안에 사람들이 있는 것을 보며 인사를 하였다.

방송으로는 몇 번 봤지만 실제로 만나는 것은 처음이었기에 일단 인사를 한 것이다.

도전! 드림팀은 수현이 군대에 있을 때 매주 빼놓지 않고 보던 프로그램이었다.

물론 이등병이었을 때는 감히 TV 볼 엄두를 내지 못했다.

각 중대별로 종교 행사 인원이 정해져 있었기에 하급자에서부터 인원수를 끊었기에 일요일 오전에 TV를 시청한다는 것은 사실상 불가능한 일이다.

하지만 계급이 병장이 되면서 수현도 종교 행사에서 빠질 수 있게 되었고, 일요일 아침에 개인 시간을 가질 수 있었다.

이때 수현은 도전! 드림팀이란 프로를 보게 되었는데, 시스템으로 능력 향상을 위해 여러 가지 궁리를 하던 때라 각종 장애물을 통과하며 신체 기량을 겨루는 도전! 드림팀은 그의 관심의 대상이 될 수밖에 없었다.

'오! 저 사람이 도전! 드림팀에서 레전드란 별명을 가진 미키 김이구나! 저 사람은……'

수현이 휴게실 안으로 들어오면서 한 사람, 한 사람 얼굴을 확인하며 기억하고 있는 정보와 대조를 하며 눈을 반짝였다.

"뭐야!"

스타라면 스타라 할 수 있는 이들을 만났다는 생각에 기분 좋게 안으로 들어오던 수현의 귀에 약간 화가 난 목소리가 들렸다.

수현은 목소리가 들린 곳으로 시선을 돌린 뒤 자신을 향해 얼굴을 붉히며 화를 내고 있는 손준영의 모습을 확인했다.

'저 사람은 손준영이군! 그런데 무엇 때문에 저렇게 화가 나 있는 것이지?'

수현은 손준영이 화가 나 있는 이유를 알 수가 없어 고개를 갸웃거리며 멀뚱히 그를 쳐다보았다.

"내말 안 들려? 너 뭐냐고!"

손준영은 자신을 말없이 쳐다보는 수현의 모습에 더욱 큰 소리로 물었다.

하지만 아무리 자신이 상대보다 나이가 많다고 하지만 이렇게 막말을 한다는 것은 무척이나 무례한 일이다.

더욱이 이 자리에는 그보다 나이가 많은 사람들뿐이었기에 수현은 자신도 모르게 주변을 살폈다.

아나나 다를까? 다른 사람들도 지금 손준영의 큰 목소리에 인상을 찌푸렸다.

"오늘 도전! 드림팀 촬영에 출연하는 정수현이라고 합니다."

손준영의 행태가 마음에 들지는 않지만 수현은 일단 자신을 소개했다.

그런 수현의 대답에 손준영의 표정이 더욱 찌푸려졌다.

"네가 오늘 출연자인건 알겠는데, 왜 여기로 들어와! 여긴 기존 도전! 드림팀 출연자들 휴게실이야! 나가!"

도전! 드림팀 제작진은 출연자들 대기실을 기존 출연진과 새로운 출연진을 구별해 배치하지 않았다.

어차피 연예인들이고 방송에서 오다가다 만날 수 있는 사람들이다.

그러하였기에 따로 대기실을 구별하지 않고 커다란 방 하나에 휴게실을 꾸몄다.

그런데 손준영은 마치 이곳은 자신들만의 공간인 양 말하고 있었다.

"제작진에게는 그런 소리 못 들었습니다."

수현은 손준영의 말을 들으면서 그가 지금 자신에게 텃세를 부리고 있다는 것을 금방 깨달았다.

아무리 손준영이 방송 선배이고 또 나이가 많다고 하지만 부당한 대우를 그냥 참고 넘어갈 성격은 아니었다.

그런 수현의 대답에 손준영은 불같이 화를 냈다.

"뭐?! 이런 싸가지 없는 새끼!"

자신의 말이 통하지 않자 손준영은 수현에게 고함을 지르며 마치 그를 때릴 것처럼 손을 높이 들었다.

상대가 억지를 부리고 자신에게 폭력을 가하려는 모습이 보이자 수현의 눈빛이 조금 전과는 달라졌다.

수현의 표정이 굳고 눈빛이 차갑게 빛나기 시작했다.

"더 나가면 저도 참지 않습니다."

낮고 단호한 수현의 목소리에 막 수현의 뺨을 한 대 치려던 손준영은 순간 움찔하였다.

어려보이는 얼굴과는 다르게 수현의 키가 상당히 크고 또 굳은 표정과 자신을 노려보는 눈빛에서 뭔가 위험한 느낌을 받은 때문이다.

마치 독사가 먹이인 개구리를 내려다보는 듯이 아주 차갑게 내려다보는 수현의 눈빛에 손준영이 제압이 된 것이다.

"준영아! 소란 피우지 마라! 여기가 너 혼자 쓰는 곳이냐? 그리고 너만 이번 일에 불만이 있는 것 아니다."

지금까지 한 쪽에서 조용히 있던 미키 김이 때맞춰 손준영과 수현의 다툼에 키어들었다.

"아 네! 죄송합니다."

방금 전까지만 해도 수현을 잡아먹을 듯 큰소리를 지르던 손준영이 미키 김의 한 소리에 바로 꼬리를 말았다.

"그쪽도 이 정도에서 그만 하세요."

미키 김은 손준영을 꼬리 말게 하고는 수현을 돌아보며 그렇게 말을 하였다.

"예, 알겠습니다."

자신보다 나이가 어린 사람에게도 함부로 말을 하지 않는 미키 김을 보며 수현은 고개를 끄덕이며 대답을 하였다.

한편 대기실에 있던 다른 출연자들은 방송국이 자신들을 이렇게 토사구팽 하듯 버리는 행동에 불만이 많았다.

그래서 손준영이 소란을 부리는 데도 모두 가만히 그것을 지켜보았다.

촬영에 들어가기 전 손준영이 사고를 쳐서 기자들에게라

도 이 사실이 전해진다면 볼 만한 광경이 나올 것 같아 사실 속으로 손준영이 사고치길 은근 기대를 하였다.

하지만 미키 김이 나서면서 그 일이 무산되자 속으로 안타까운 생각을 하였다.

그렇지만 문제를 일으키려던 손준영의 생각은 조금 달랐다.

방금 미키 김이 말려주지 않았다면 어떻게 되었을지 뒤늦게 깨달은 것이다.

더욱이 조금 전 자신을 향해 차갑게 대답을 하던 수현의 눈빛에서 그가 쉬운 상대가 아니란 것을 깨달았다.

사실 손준영은 겉모습으로는 싸움만 하고 다닌 싸움꾼 같은 외모를 가지고 있었다.

하지만 그는 무척이나 겁이 많은 사람이었다.

길거리에서 개가 사납게 짖으면 그 주변으로 가지도 못하고 또 싸움이 벌어질라 하면 현장에서 벗어나 도망을 치기도 했다.

그러했기에 미키 김이 중간에 끼어들어 말려준 것이 속으로는 무척이나 고마웠지만, 겉으로는 미키 김의 만류에 겨우 화를 참는다는 듯 행동을 하였다.

일촉즉발의 상황이 벌어졌을 수도 있는 순간이 지나고 잠시 대기실 안은 침묵이 흘렀다.

하지만 그것도 잠시, 조금 시간이 흐르니 또 다른 출연자들이 하나둘 속속 대기실로 들어왔다.

이때는 처음 수현과의 충돌을 할 뻔한 일이 있었기에 손준영도 더 이상 새로운 출연자들에게 텃세를 부리지 않았다.

Chapter 4

도전! 드림팀 시즌3 선발 미션

1999년 1월 첫 선을 보였던 도전! 드림팀은 그 시작부터 이전 방송 예능이 선보였던 그 어떤 프로그램과도 차별화되는 프로그램이었다.

그동안 실내에서만 벌어지던 연예인 운동회 정도의 예능에서 스포츠와 예능을 결합한 새로운 장르의 예능 프로를 보면서 시청자들은 열광을 하였다.

많은 예능 프로그램들이 그랬듯 사실 도전! 드림팀은 고정 프로로 제작된 프로그램은 아니었다.

신년 특집 방송으로 제작되었지만 시청자들의 열화와도 같은 호응과 요구로 조금 더 보강을 하여 정식 프로그램이 되었다.

그렇게 시청자들의 큰 사랑을 받았던 도전! 드림팀에도 위기가 없던 것은 아니다.

시즌1에 출연을 했던 많은 연예인 스타들이 뛰어난 운동 능력을 선보이며 대결에서 승리하기도 하고 또 때로는 패배를 하면서 강건한 모습을 보였다.

그런 스타들이 병역 문제에서 석연찮은 판정으로 공익이나 면제를 받으면서 문제가 제기되기 시작되었다.

안전장치가 되어 있다고는 하지만 도전! 드림팀에서 사용하는 장애물은 평범한 사람들도 쉽게 통과할 수 있는 그런 것이 아니었다.

그런데 그런 장애물을 빠른 시간에 통과를 하며 각 분야에서 뛰어난 신체능력을 가진 사람들과 대결을 벌이면서 승리를 일구던 스타들이 대한민국 국민으로서 4대 의무 중 하나인 병역 의무를 기피했다는 것은 쉽게 용납이 되지 않았다.

그 때문에 도전! 드림팀에 출연하면서 인기를 얻었던 스타들이 구설수에 휘말리면서 도전! 드림팀 시즌1은 1999년 첫 선을 보이고 무려 4년을 일요일 아침 최고의 예능으로 자리잡았지만, 그 이름도 무색하게 폐지가 되었다.

하지만 많은 도전! 드림팀 매니아들의 요구로 6년 뒤인 2009년 10월 새로운 콘셉트로 부활하였다.

스타라이드

미국 AB방송의 예능 프로를 모티브로 하여 장애물도 다양해지고, 또 시즌1 때는 대결할 다양한 일반인 팀을 데려와 펼치던 방식에서 순수 연예인들의 대결로 이루어졌다.

사실 이런 콘셉트는 자칫 식상할 수도 있었지만 시즌2에 출연하는 스타들의 팬이라는 고정 시청자를 밑바닥에 깔고 하는 방송이었기에 실패할 일이 없었다.

더욱이 시즌2에 출연하는 스타들의 면면을 보면 아이돌 그룹 맴버들이 주를 이루고 있었기에 시청률은 걱정이 없었다.

하지만 그것도 잠시, 아이돌 전성시대에 각종 예능에 아이돌 그룹이 출연을 하면서 때 아닌 위기가 닥쳤다.

아이돌들의 스케줄이 바빠지면서 도전! 드림팀의 촬영 스케줄과 맞지 않는 출연자들이 늘어나면서 제작에 문제가 생긴 것이다.

이때 해결책으로 나온 것이 새로운 멤버의 영입과 부족한 연예 스타를 대신해 도전1 드림팀 멤버들과 대결을 펼칠 새로운 대상의 영입이다.

그리고 그런 대책은 시즌1때 쏠쏠하게 재미를 보았던 뛰어난 신체능력을 가진 각종 일반인 단체와의 대결이었다.

방송의 콘셉트가 다시 원상태로 돌아간 듯 보이지만 진행 방식이 바뀌어 더욱 박진감을 느끼게 만들었다.

시즌1의 콘셉트가 대결 상대보다 단순히 더 우수한 신체 능력을 선보이는 것이었다면, 시즌2는 그것에 타임 어택이라는 것을 하나 더 집어넣었다.

그러다 보니 게임을 하는 사람이나 이를 지켜보는 시청자들 모두 손에 땀을 쥐게 만들었다.

이렇게 타임 어택 진행 방식은 시즌2가 종영이 될 때까지 바뀌지 않았다.

그리고 이 콘셉트는 새롭게 시작되는 시즌3에도 계속될 예정이다.

＊　　　＊　　　＊

"모두 모이셨나요?"

도전! 드림팀의 이승건 AD는 대기실에 모여 있는 도전! 드림팀 시즌2 출연자와 새롭게 시작하는 시즌3 예비 출연자들을 보며 이야기를 하였다.

"오늘은 새롭게 시작되는 도전! 드림팀 시즌3에 들어가기 전 출연자 선발전을 가질 예정입니다."

웅성! 웅성!

이승건 AD의 설명을 들은 출연진들 중 시즌2의 멤버들이 불만이 가득한 표정으로 떠들었다.

"기존 시즌2의 출연진들이 저희 도전! 드림팀을 위해 많은 고생을 했다는 것은 잘 알고 있습니다. 하지만 프로그램이 개편이 되면 당연 출연자의 교체도 이뤄지는 것이 당연합니다."

이야기를 하던 이승건은 잠시 숨을 한번 고르고 다시 이야기를 계속했다.

"그럼에도 저희 제작진에서는 기존 멤버들의 노고를 알기에 기회를 드리려는 것입니다."

웅성! 웅성!

이승건의 말이 계속될수록 출연진들 안에서 더욱 소란스러운 소음이 계속되었다.

그도 그럴 것이 처음 이야기를 할 때는 기존 멤버들의 불만만이 대기실 안을 울렸지만, 방금 전 설명 때문에 이제는 새롭게 불려온 기획사에서 나온 데뷔를 압두고 얼굴을 알리기 위해 나온 신인 아이돌 그룹 멤버나 데뷔를 하기는 했지만 아직 인지도를 쌓지 못한 연예인들에게서도 말이 나오고 있었다.

그들은 자신들이 소속된 기획사로부터 도전! 드림팀 시즌 3에 출연할 것이란 이야기를 듣고 왔는데, 현장에 오니 말이 달랐기 때문이다.

"이것은 각 기획사 대표님들께 전달이 된 상항입니다."

자신의 이야기에 대기실 안이 소란스러워지자 무엇 때문에 그러는 것인지 잘 알고 있는 이승건은 표정 변화 없이 계속해서 오늘 촬영에 대해 설명을 하기 시작했다.

"시즌3에 설치된 장애물은 시즌2때 설치한 장애물과는 그 등급부터 다릅니다. 그 때문에 자칫 실수를 하면 크게 다칠 수도 있어 보다 능력이 뛰어나신 분들을 선발하기로 하였습니다."

"설마 안전장치까지 제거를 한 겁니까?"

가만히 이승건 AD의 이야기를 듣고 있던 사람들 중 최승조가 질문을 하였다.

최승조는 모델 겸 배우인 차성원의 트레이너로 알려진 전문 트레이너다.

M방송에서 진행하는 예능 프로그램에서 차성원과 함께 출연을 했다가 전문 트레이너라고 하기엔 너무도 잘생긴 외모와 조각 같은 몸매를 보이며 방송인으로 거듭난 사람이다.

그러다보니 몸이 재산인 그로서는 시즌2에서 사용하던 장애물보다 더욱 업그레이드되어 위험해진, 자칫 부상을 당할 수도 있다는 이승건 AD의 설명에 불안하지 않을 수 없었다.

"물론 안전장치는 되어 있습니다. 하지만 안전장치가 되어 있다고 해도 부상의 위험이 아주 없는 것이 아니니 안심을 할 수는 없습니다. 제가 무슨 말을 하는지는 아시겠죠?"

이승건은 설명을 하면서 주위를 살펴보았다.

그런 이승건과 두 눈이 마주친 몇몇 출연자들의 눈빛이

흔들렸다.

부상이라는 것은 이 자리에 있는 어느 누구도 원하지 않는 것이다.

가수고 배우고 또 모델이나 트레이너인 출연진들 속에서 어느 누고도 부상을 달가워할 사람은 없었다.

부상을 당하게 된다면 방송으로 이름을 아무리 알린다 해도 다 소용이 없는 일이기 때문이다.

얼굴을 알려 각자의 영역에서 보다 활발한 연예 활동을 하기 위해서 자신들이 도전! 드림팀이라는 예능 방송에 나오는 것인데, 정작 부상으로 본 활동을 하지 못한다면 그것은 방송에 출연을 하지 않은 것만 못하기 때문이다.

"그 때문에 저희는 철저한 검증을 통해 시즌3의 출연자를 고르려는 것입니다. 물론 탈락한 이들도 아주 기회가 없는 것은 아닙니다."

갑작스러운 이야기에 조금 전 부상을 당할 수도 있다는 말에 불안해하던 일부 출연자들이 눈을 반짝였다.

"오늘 선발전에서 아깝게 탈락을 하더라도 오늘 선발된 멤버 중 부득이하게 프로그램에서 하차하시는 분들이 생기면 오늘 탈락하신 분들을 우선 선발하겠다는 것입니다. 즉 예비 멤버로 등록을 해두겠다는 이야기입니다."

이승건 AD의 설명에 조금 전까지 불안해하던 사람들의 눈빛이 달라졌다.

그리고 그건 프로그램 하차에 대한 고심을 하던 도전! 드림팀 시즌2 멤버들도 마찬가지였다.

오늘 선발에 탈락을 하더라도 나중에 기회를 주겠다는 말은 적잖이 안심이 되었다.

"오늘 대결할 종목은……."

출연자들의 표정이 펴지자 이승건은 오늘 진행에 대해 계속해서 떠들었다.

대기실에 있던 출연자들은 조금 전과 다르게 귀를 기울이며 이승건이 하는 이야기를 하나도 놓치지 않기 위해 귀를 기울였다.

*　　　*　　　*

바닥에 매트리스가 깔린 커다란 실내, 이 세트장은 도전! 드림팀의 설발전을 위해 KTV에서 특별히 주문을 하여 제작된 세트장이었다.

마치 운동선수들의 훈련장을 가져다 놓은 것만 같은 이곳 세트장에는 각종 운동기구들이 갖춰져 있었다.

"첫 번째 경쟁 종목은 뜀틀 높이뛰기입니다. 시즌1 초기 방송으로 나갔었죠?"

"맞습니다. 가수 조승모가 2m 50㎝로 그 기록을 가지고 있죠."

도전! 드림팀의 해설인 이명진이 KTV아나운서 김종현과 마치 스포츠 중계를 하듯 떠들고 있었다.

"자! 뜀틀 높이뛰기 첫 번째 주자. 도전! 드림팀의 레전드, 미키 김!"

도전! 드림팀의 MC 이창문이 음주운전 파문으로 하차하고 시즌2의 MC를 맡았던 이훈재가 첫 번째 도전자를 소개하였다.

이훈재의 소개에 대기를 하고 있던 미키 김이 앞으로 나와 6m앞에 놓인 뜀틀을 쳐다보았다.

"처음 시작 높이는 1m 70㎝부터 시작하겠습니다. 준비되시면 시작해 주시기 바랍니다."

MC이훈재의 말이 떨어지기 무섭게 미키 김은 짧은 기합과 함께 뜀틀을 향해 달려갔다.

"얍!"

타타타타! 휘익 턱! 쿵!

1m 70㎝나 되는 높은 뜀틀을 미키 김은 너무도 가볍게 넘었다.

"와! 역시 도전! 드림팀의 레전드다운 실력입니다."

"맞습니다. 미키 김! 이름값을 합니다. 레전드라 부를만 합니다."

이명진과 김종현은 이야기를 주고받으며 방금 전 미키 김의 뜀틀을 보고 감상평을 하였다.

"미키 김에 이어 두 번째 도전자는 누구죠?"

"음, 다음 도전자의 이름을 모르는 사람도 있을 것이지만, 여왕의 기사, 여왕의 보디가드라고 하면 아시겠습니까?"

김종현이 해설인 이명진에게 질문을 하자 이명진은 두 번째 출연자에 대한 프로필을 읽다 질문을 하였다.

하지만 김종현은 금방 이명진이 누구를 가리키는 것인지 알고 대답을 하였다.

"오! 아시아의 여왕 최유진의 보디가드였던 모델 정수현 씨를 말씀하시는 것입니까?"

"맞습니다. 두 번째 도전자, 모델 정수현입니다."

두 사람은 경기가 진행이 되는 한쪽에 테이블을 가져다 두고 스포츠 중계를 하듯 열심히 떠들고 있다.

그런 두 사람이 자신에 대해 떠들고 있을 때, 수현은 MC 이훈재의 부름에 조용히 그의 곁으로 갔다.

"요즘 잘 나가는 모델이신데, 예능에는 어쩐 일로 오셨습니까?"

이훈재는 MC로써 시청자에게 출연자의 정보를 알려야 하기에 준비된 질문을 하였다.

그런 이훈재의 질문에 준비된 대답을 하였다.

사전 MC에게서 어떤 질문을 받을 것인지 전달 받았기에 막힘없이 없었다.

"저희 사장님께서 제게 스타로 만들어 주시겠다며 꼬셔서 나왔습니다."

"네? 그게 무슨 말씀이죠?"

수현의 재미있는 대답에 이훈재는 다시 한 번 질문을 하였다.

원래 계획된 질문은 아니었지만 생각지도 못한 대답을 들은 그는 MC로서 수현에게 뭔가 더 있을 것 같은 예감에 질문을 한 것이다.

어차피 큐 카드에 나와 있지 않은 질문이라도 재미만 있으면 PD가 알아서 편집을 통해 살리거나 죽일 것이니 MC는 될 수 있는 한 많은 장면을 카메라에 담을 수 있게 만들면 된다.

그래서 수현에게 조금 더 질문을 하는 것이었다.

"제가 속한 킹덤 엔터의 사장님께서 절 보시더니 스타 만들기 프로젝트란 것을 진행한다면서 제 첫 번째 방송 프로그램으로 일요일 오전 예능의 지존인 도전! 드림팀을 꼽으셨거든요."

수현은 거짓과 진실을 적절히 섞어 이훈재의 질문에 대답을 하였다.

그런 수현의 설명에 이훈재는 크게 웃으며 말을 받았다.

"그렇다면 수현 씨는 킹덤 엔터의 비밀 병기란 소리군요."

"비밀 병기인지는 모르겠지만 제가 한 무술합니다."

대답을 하던 수현이 제자리에서 점프를 한 뒤, 뒤돌려 차기에 이은 뒤 후리기를 하였다.

휘 휘익! 휙!

순간적으로 바람을 가르는 소리가 들리자 방금 전까지만 해도 빙글빙글 웃고 있던 이훈재가 흠칫하며 뒤로 주춤거렸다.

"어어!"

이훈재는 수현의 갑작스러운 발차기에 놀라 감탄성을 질렀다.

그리고 그건 주변에 있던 모든 사람들이 마찬가지였다.

"대, 대단합니다."

"하하 대단한 것은 아닙니다. 그런데 이제 도전을 해도 될까요?"

이훈재가 놀라서 제대로 말을 하지 못하고 있을 때, 수현은 아무렇지도 않은 표정으로 질문을 하였다.

"아, 예! 그렇죠. 도전해야죠."

대한민국에서 이름난 MC 중 한 명인 이훈재가 수현의 발차기 시범에 기가 죽어 진행을 제대로 하지 못하는 진풍경이 펼쳐졌다.

"그럼 준비 다 되셨으면 출발하세요."

"예."

수현은 이훈재의 신호에 잠시 뜀틀을 노려보다 달려갔다.

그런데 수현은 뜀틀을 평범하게 넘지 않았다.

연예인이 되기로 결심을 했으니 제대로 하기로 작정을 하고 뜀틀을 넘었다.

"오오! 체조의 도마도 아니고 1m 70㎝나 되는 뜀틀을 저렇게 넘나요!"

이명진은 수현이 뜀틀을 넘는 모습을 보며 자신도 모르게 자리에서 벌떡 일어나 고함을 질렀다.

"저 높이의 뜀틀에서 텀블링을 하다니요. 대단한 신인이 나타났습니다."

"그렇습니다. 레전드 미키 김을 위협할 신인이 나타났습니다."

이명진과 김종현은 수현이 뜀틀을 넘는 모습을 보며 설레발을 떨었다.

그리고 이 모습을 지켜보는 유명한 PD의 두 눈은 이미 반달이 되어 있었다.

처음 수현을 보았을 때, 혹시나 하는 생각을 했었다.

그런데 아니나 다를까? 자신의 예상대로 레전드 미키 김에 전혀 밀리지 않는 능력을 보이자 앞으로 그림이 자신이 생각한 이상으로 좋은 그림이 그려질 것 같아 심장이 두근거렸다.

해설과 연출자들이 수현의 등장에 상당히 고무되어 있을

때, 수현은 속으로 안도의 한숨을 쉬었다.

그도 그럴 것이 방금 전 뜀틀을 뛰어 넘을 때, 사실 원래 텀블링을 하려던 의도는 없었다.

그런데도 텀블링이 된 것은 순전히 자신의 신체 능력에 대한 정확한 판단을 하지 못하고 구름판을 너무 세게 구르는 바람에 예상보다 더 높이 튀어 올라 텀블링을 해 가까스로 뜀틀에서 벗어나지 않고 성공했다.

만약 수현이 높은 정신 스탯이 없었다면 그 순간 당황하여 뜀틀 높이뛰기를 실패했을지도 몰랐다.

다행히 높은 정신 스탯으로 인해 바로 냉정을 되찾고 공중에 뜬 상태에서 순간 판단으로 텀블링을 하면서 다른 사람들에게는 원래 수현이 그런 시도를 한 것처럼 보이게 만들었다.

미키 김이야 원래 레전드라 불릴 정도로 뛰어난 실력을 가지고 있고 또 시즌2에서도 이전 뜀틀 높이뛰기 신기록과 타이 기록을 가지고 있었기에 쉽게 통과할 줄 알고 있었는데, 새로운 예비 출연자가 평범하게 뜀틀을 넘는 것도 아니고 마치 묘기를 불리듯 텀블링을 하며 뛰어넘자 경악을 하였다.

그 때문에 진행을 맡은 이훈재도 순간적으로 자신이 진행을 하는 것을 잊을 정도였다.

"아! 대단합니다. 대단해요. 시작부터 신입이 사고를 치나요?"

이명진은 베테랑답게 MC 이훈재가 정신을 놓고 있는 상태에서도 바로 NG가 나지 않게 치고 나왔다.

"그렇습니다. 역시 보디가드 출신답게 엄청난 몸놀림을 보여주었습니다."

녹화 방송이기에 솔직히 NG가 나도 재촬영을 하면 되지만 그림이 잘 나오려면 NG 없이 한 번에 가는 것이 좋다.

이명진이 수현의 명장면을 살리기 위해 재빠르게 멘트를 치고 나오자 그것을 김종현이 받았다.

"와! 내 살다 살다 그 높이를 텀블링해 넘는 사람은 처음 봅니다. 수현 씨! 어디 기획사라고 했지요? 킹덤 엔터요. 네! 킹덤 엔터에서 연예인을 양성한 것이 아니라 최종 병기를 내보냈네요."

MC인 이훈재는 그제야 자신의 실수를 깨닫고 얼굴이 살짝 붉어졌으나 명 MC로 명성이 자자한 것처럼 능청스럽게 애드리브를 하며 다시 진행을 하였다.

"다음 도전자는……."

기존 시즌2 출연자와 새로운 시즌을 위해 지원을 한 뉴페이스들이 번갈아 가며 첫 번째 도전 종목인 뜀틀 높이뛰기를 하였다.

다들 한 능력들 하는 사람들이 모여서 그런지 다들 상당한 기량을 보였다.

하지만 좀차 도전 높이가 올라가면서 결국 뜀틀 높이뛰기의 순위가 갈렸는데, 뜀틀 높이뛰기의 1등은 수현이었다.

기존 도전! 드림팀의 기록인 2m 70㎝를 40㎝나 더 높인 3m 10㎝를 기록하며 1등을 하였다.

그리고 2등은 이전 기록 보유자인 랩퍼 상치와 아이돌 그룹 2B의 민혁이 자신의 기록을 경신하면서 공동 2위를 하였고, 레전드 미키 김은 2m 70㎝를 실패하여 2m 65㎝를 기록하였다.

이렇듯 대부분의 도전자들이 2m20㎝ 이상을 뛰었는데, 유일하게 2m를 뛰지 못한 도전자가 나왔다.

그 사람은 바로 수현과 대기실에서 마찰을 빚었던 손준영이었다.

사실 손준영은 거침없는 입담과 미션에 실패를 하더라도 시원시원하게 도전을 하다 실패를 하면서 재미를 주는 감초 역할을 하던 존재였다.

그러니 사실 출연진이나 제작진 어느 누구도 그가 이번 미션에 좋은 성적을 낼 것이라고 생각하는 이들은 없어 그리 크게 주목받지는 못했다.

하지만 손준영 본인은 그렇게 생각지 않았다.

그래도 도전! 드림팀에서 자신만의 캐릭터를 구축하면서 인지도를 쌓아났는데, 시즌3 출연진 선발 미션에서 처음부터 꼴등을 하자 인상이 구겨졌다.

'제길! 뭐 이따위 미션을 가지고 와서 사람을 망신을 주는 거야!'

출연진 모두가 첫 번째 미션이 끝나자 MC인 이훈재 주변으로 모여 두 번째 도전 미션을 설명 받고 있을 때도 그것에 신경을 집중하지 못하고 속으로 계속해서 미션을 준비한 작가들을 욕하고 있었다.

하지만 MC인 이훈재의 이야기게 집중하지 못했던 손준영은 두 번째 미션에서도 그리 뛰어난 활약을 하지 못하고 중간에 미션을 실패하고 말았다.

두 번째 미션은 문제를 푸는 두뇌 게임이었다.

다만 단순하게 문제만 푸는 것이 아니다.

풀장 앞에 서서 다가오는 벽을 보며 문제를 푼다.

이때 도전자에게 다가오는 벽에는 문제와 함께 그 밑에 두 가지 답이 적혀 있다.

당연히 하나는 정답이고 다른 하나는 오답이다.

그러니 도전자는 벽이 자신을 밀어 뒤에 위치한 함정에 빠뜨리기 전 문제의 정답을 맞히고 그것을 선택하면 벽을 통과하고 함정에 빠지지 않는다.

하지만 오답이 있는 곳에 서있다면 그대로 뒤로 밀려 함정에 빠지는 굴욕을 겪게 되는 미션이다.

사실 이 미션은 다른 프로그램에서 연예인을 대상으로 행해졌던 예능인데, 이번 도전! 드림팀 시즌3의 출연자 선별에 출연진의 지적 수준도 알아 볼 겸 유명한 PD가 일부러 넣은 미션이다.

그런데 의외로 시즌2 출연진들이 많이 이번 미션에서 실패를 하였다.

이번 미션은 단순히 순위를 정하는 미션이 아닌 그저 순발력과 연산 능력을 보는 미션임에도 상당한 도전자들이 미션을 통과하지 못해 제작진들을 당황시켰다.

물론 보통 사람보다 더 뛰어난 지능 스탯을 가지고 있고, 또 군대에 복무를 하면서도 자신의 부족함을 깨닫고 책을 통해 간접 지식을 쌓고 있던 수현은 제작진이 준비한 문제를 너무도 쉽게 통과를 하였다.

겨우 초등학교와 중학교 수준의 문제 그리고 넌센스 문제 등이었기에 수현에게는 너무도 쉬운 문제들이었다.

우우웅!

모터가 돌아가는 소리와 함께 합판으로 만들어진 벽이 점점 다가왔다.

다가오는 벽에는 검게 칠해진 두 개의 구멍이 있었지만 그중 하나는 그냥 합판에 페인트로 그려놓은 가짜 구멍이고, 나머지 하나는 실제로 구멍이 존재하고 그것을 스티로폼과 종이로 가려놓아 겉으로 봐서는 전혀 알 수 없게 만들어져 있다.

우우웅!

점점 다가오는 벽은 생각보다 빠르게 접근을 하고 있기에 벽에 적힌 문제를 빠른 시간에 풀고 정답을 맞히거나 그냥 운에 맡기고 한곳을 결정해야 한다.

벽이 처음 스타트에서 함정까지 다가오는 시간은 불과 10초. 그 안에 문제를 풀고 정답을 맞힌다는 것은 생각보다 쉽지 않다.

그 때문에 고학력을 가진 출연자들도 문제풀이를 하고도 구멍을 통과하지 못해 벽에 밀려 함정에 빠지는 이도 속출했다.

"어어!"

첨벙!

잘생긴 외모에 180㎝가 넘는 커다란 키 그리고 운동신경으로 도전! 드림팀 시즌2에서 압도적인 우승 경력을 가지고 있던 미키 김이 문제 풀이를 다 하지 못하고 그만 벽에 밀려 함정에 빠지고 말았다.

"아! 미키 김, 안타깝게도 실패합니다."

물에 빠진 미키 김이 수영을 하여 함정에서 빠져나오자 이훈재는 빠르게 그에게 접근해 마이크를 들이밀었다.

"도전에 실패를 하셨는데, 어떻습니까?"

이훈재는 다른 도전자들에게도 그랬지만 미키 김에게도 똑같은 질문을 하였다.

"정신이 없는 미션이네요."

"네? 정신이 없다… 무슨 뜻이죠?"

"예, 문제는 그리 어렵지 않은데, 문제를 다 풀고 나서 정답을 확인하려고 고개를 돌리면 어느새 벽이 눈앞에 다가와 있어서 문제를 맞히고도 미션을 실패하고 말았습니다."

미키 김은 솔직한 심정을 이훈재에게 그대로 토로를 하였다.

아닌 게 아니라 10초는 너무도 짧은 시간이었다.

"그런가요? 아무튼 미키 김, 실패!"

마치 선고를 하듯 잠깐의 토크가 끝나고 이훈재는 미키 김의 눈앞에서 단호하게 '미션 실패'를 알렸다.

"다음 마지막 도전자인 정수현 씨 모십니다. 나와 주세요."

이훈재의 요청에 수현은 빠른 걸음으로 이훈재의 옆에 섰다.

"레전드라 불리는 미키 김도 이번 미션에 실패를 하였습니다. 자신 있습니까?"

"해봐야 알겠습니다."

수현은 이훈재의 질문에 속으로야 별다른 긴장이 되지는 않았지만 겉으로는 긴장한 듯 굳은 표정으로 대답을 하였다.

그런 수현의 표정에 이훈재는 수현이 겁을 먹었다 생각을 하고 수현을 위로하였다.

"너무 긴장하면 제 실력이 나오지 않습니다. 긴장 푸시고 뭐 첫 미션에서 1등을 하였으니 이번 미션에 실패를 하더라도 괜찮지 않습니까? 그러니 차분하게 도전을 하시기 바랍니다."

"알겠습니다."

수현의 대답이 끝나고 MC이훈재는 살짝 제작진을 돌아보았다.

제작진 중 기계 관리를 하는 스텝이 사인을 보내자 수현을 돌아보며 물었다.

"준비 되셨습니까?"

"예, 도전 하겠습니다."

이훈재의 질문에 수현은 눈을 반짝였다.

"그럼 미션 시작!"

수현의 대답이 떨어지기 무섭게 MC이훈재는 큰소리로 시작을 알렸다.

그러자 15 m 전방에 있던 벽 근처에 있던 스텝이 벽에 붙어 있던 종이를 떼고 문제를 보여주었다.

그와 동시에 벽은 빠른 속도로 수현이 서 있는 곳으로 움직이기 시작했다.

우우웅!

$$[1+2(3+2)-3(1-3)=?]$$

다가오는 벽에 쓰여진 문제는 지금까지 다른 출연자들이
했던 문제보다 상당히 복잡했다.

다른 출연자들은 간단한 사칙연산이나 넌센스 퀴즈였는
데, 수현은 사칙연산이기는 했지만 괄호가 두 개나 되는 조
금은 헷갈리는 문제가 주어진 것이다.

[ㄱ. 17   ㄴ. —16]

무제가 나가고 다른 출연자들도 수현의 문제를 보았다.

그런데 수현이 풀어야할 문제를 본 다른 출연자들이 문제
의 답이 무언지 작게 떠들기 시작했다.

"뭐가 답이야!"

"뭐 저런 문제가 있냐?"

문제의 답이 무언지 헷갈린 출연자들이 떠들고 있을 때,
수현은 빠르게 'ㄱ' 쪽으로 움직여 엎드렸다.

휘익!

벽은 수현이 바닥에 엎드리기 무섭게 그 위를 지나갔다.

찌직! 툭!

수현이 엎드린 곳 구멍이 부서지며 수현은 제자리에 남고
벽만 통과를 하였다.

"와!"

수현의 문제를 보고 공황 상태에 있던 출연진은 수현이 문제를 푼 것은 물론이고 시간 내에 통과를 하자 환호성을 질렀다.

솔직히 자신들은 아직도 수현의 문제를 풀어 보았지만 어느 것이 정답인지 알 수가 없었는데, 수현은 불과 10초라는 짧은 시간에 문제를 푼 것은 물론이고 정답으로 이동을 하여 미션을 통과하니 모두 놀라 자신도 모르게 환호성을 보낸 것이다.

그리고 이것은 이들 뿐만 아니라 제작진도 마찬가지였다.

사실 다른 출연자들과 다르게 수현에게만 조금 복잡한 문제를 낸 것은 너무도 완벽해 보이는 수현을 함정에 빠뜨려 그가 물에 흠뻑 젖어 있는 모습을 찍기 위해서였다.

도전! 드림팀 제작진은 시즌1, 2를 하면서 출연자들의 몸매를 여과 없이 TV에 방영을 하여 물의를 빚은 적이 몇 번 있었다.

남녀 출연자를 가리지 않고 특히나 옷이 물에 젖어 착 달라붙어 몸매를 그대로 드러났을 때, 시청률이 높게 나온다는 것을 너무도 잘 알기에 종종 잘생긴 스타나 몸매가 좋다고 알려진 스타들이 출연할 때면 느린 화면이나 렌즈를 줌인하여 방영하는 바람에 선정성 논란까지 일으켰었다.

방송심의 위원회에서 경고를 받고 또 벌금을 받았지만 이들은 그런 것을 개의치 않았다.

방송국 입장에선 벌금보다 시청률이 높게 나오는 것이 더 이득이기 때문이다.

시청률이 높게 나온다는 것은 프로그램 방영 전 들어가는 광고의 가격이 올라가는 일이었기에 벌금은 문제가 되지 않았다.

그래서 수현을 의도적으로 물에 빠뜨리기 위해 헛갈린 문제를 냈던 것이다.

하지만 제작진의 의도는 보기 좋게 실패를 하였다.

아무리 복잡하게 꼬았다고 하지만 사칙연산 문제 정도로 수현을 곤란하게 만들 수는 없었던 것이다.

더욱이 신체 능력도 일반인과는 다른 월등한 스탯을 가지고 있어 계산과 함께 정답이 있는 구멍으로 몸을 움직이는 것은 너무도 쉬웠다.

실제로 수현이 문제를 풀고 정답인 'ㄱ'으로 이동을 하고 벽이 그 위로 지나가기까지 무려 3초의 여유가 있었다.

*　　　*　　　*

"이번에 나올 주자는 이번 미션의 마지막 주자네요."

"그렇습니다. 길고 길었던 두 번째 미션의 마지막 주자는 첫 번째 미션 뜀틀 높이뛰기에서 1등을 한 정수현입니다."

"자리로 들어가는 정수현! 정말 잘생기지 않았습니까?"

스타라이프

무대로 나오는 수현의 모습을 지켜보고 있던 이명진이 뜬금없는 질문을 하였다.

그런 이명진의 질문에 잠시 당황하던 김종현은 이명진을 잠시 돌아보다 대답을 하였다.

"맞아요. 정말 여동생이 있다면 소개를 해주고 싶은 마음입니다."

"어허, 누구한테 뺨 맞을라고 그럽니까? 톱 모델인 정수현 씨에게 김종현 씨 얼굴에 머리만 긴… 여동생을 소개해주시겠다고요?"

아직 준비가 덜되었기에 시간을 어느 정도 끌어줘야 하기에 이명진과 김종현은 만담을 하듯 시간을 보냈다.

그런데 두 사람의 대화가 무척이나 재미있어 그것을 카메라에 담고 있는 제작진들의 얼굴에 기쁨이 가득했다.

정말이지 이번 촬영은 건질 것이 무척이나 많았다.

시즌1, 2를 함께하면서 이제는 만담 콤비가 다 된 이명진이나 김종현은 물론이고 시즌2 중반 MC 이창문이 물의를 일으키며 자리에서 물러날 때 긴급하게 투입된 이훈재도 지금까지 진행을 한 어느 때보다 오늘의 진행이 매끄러웠다.

거기에 출연한 출연자들이 기를 쓰고 경쟁을 하는 모습은 이때까지 도전! 드림팀을 하던 그 어떤 때보다 치열했다.

이번 촬영은 도전! 드림팀의 시즌3에 들어가기 전 방영

되는 특집 프로였지만 이렇게 치열하게 시즌3 멤버를 선발하는 내용이 방송을 타게 된다면 이를 시청하는 시청자들도 시즌3의 출연진이 어떻게 꾸려지더라도 불만이 없을 것이다.

사실 제작진도 이번 선발전은 모험이었다.

도전! 드림팀 시즌2가 비록 시청률이 저조하긴 했지만 출연진에 대한 매니아 층의 인기는 대단했다.

출연진 한 명 한 명에게 붙은 고정 매니아들은 상당했다.

그래서 시즌3를 준비하면서 무턱대고 출연자를 교체할 수가 없었다.

제작비를 보조하는 기획사들의 입장에서는 제작비를 지원하니 당연 자신들이 밀고 있는 연예인을 시즌3에 출연시키려 하였다.

하지만 방송국 입장에서는 시청률을 신경 쓰지 않을 수 없지 않은가. 도전! 드림팀 시즌2가 시청률이 떨어졌다고는 하지만 그래도 기존 출연진의 고정 팬들이 시청을 함으로써 최고 9.7%의 시청률을 가지고 있었다.

10% 근처에 육박하기에 그래도 광고도 들어오고 그 수익으로 프로그램이 제작이 될 수 있었다.

다만 도전! 드림팀의 책임 PD인 유명한이 생각하기에 조금만 노력을 하면 10%대 시청률도 가능할 것 같은데 그 작은 뭔가를 채우지 못해 9%대 시청률에 머무는 것에 고심

스타라이트

을 하다 새 시즌을 준비하게 된 것이다.

2% 부족하다고 생각했던 부분이 채워지는 듯한 느낌을 받은 유명한은 카메라 너머 보이는 수현의 모습에 입가에 더욱 큰 미소가 걸렸다.

'이번에도 좋은 모습을 보여주면, 내가 너 확실히 띄워준다.'

유명한은 MC 이훈재의 곁으로 다가가는 수현의 모습을 보며 속으로 그렇게 말하고 있었다.

그리고 그는 곧 수현이 문제를 너무도 쉽게 풀고 또 미션까지 통과하는 모습을 보며 도전! 드림팀의 새로운 전설을 보고 있음을 깨닫게 되었다.

"저, 저!"

"와!"

첫 번째 미션인 뜀틀 높이뛰기만큼 박진감 넘치는 그런 장면은 아니었지만 수현이 문제를 풀고 미션을 통과하는 모습은 이를 지켜보는 제작진들 모두를 놀라게 만들었다.

기획 의도와는 다르게 수현이 너무도 쉽게 미션을 통과를 하였지만 그런 것은 잊은 지 오래였다.

실제로 문제가 주어졌을 때, 이를 지켜보던 제작진들도 머릿속으로 문제를 풀어보았다.

하지만 어느 누구도 장애물인 벽이 수현의 근처에 오기 전까지 문제를 풀어낸 사람이 없었다.

문제를 처음 보았을 때, 그것을 확인한 사람들은 이번 미션은 모두 실패라 생각했다.

하지만 결과는 그와 반대로 나왔다.

그 때문에 자신도 모르게 환호를 하였다.

'어떡해!'

모든 사람들이 환호를 할 때, 단 한 사람, 아니 두 사람만 수현의 미션 통과를 지켜보며 다른 표정을 지었다.

그런데 두 사람의 반응이 조금은 달랐다.

한 사람은 수현이 미션을 통과하자 화난 표정으로 수현을 노려보는 반면, 또 다른 한 명은 미션을 통과하고 일어나는 수현을 잠시 지켜보다 자신과 조금 떨어진 곳에서 카메라가 찍고 있는 화면을 들여다보고 있는 유명한 PD를 쳐다보았다.

첫 번째 화를 내며 수현을 노려보는 인물은 바로 수현이 처음 대기실에 왔을 때 수현에게 시비를 걸던 손준영이었고, 두 번째 불안한 표정을 지었던 사람은 바로 유명한 PD로부터 수현이 미션에 실패하게 만들라는 엄명을 받은 도전! 드림팀의 작가였다.

다른 출연자들에게 주었던 문제와 그리 차이가 나지 않으면서도 어려운 문제를 내, 무조건 물에 빠뜨리라는 엄명을 받아 고심에 고심을 더해 헷갈리기 쉬운 문제를 준비를 했다.

그런데 수현이 너무도 여유 있게 문제를 풀고 미션을 통과하자 눈앞이 깜깜해진 것이다.

모르는 사람이 보았다면 문제가 사전에 유출이 되었다고 믿을 정도로 장애물이 절반을 통과하기도 전에 수현이 움직여 문제를 풀어버렸다.

그러니 혹시나 임무를 제대로 하지 못한 것 때문에 PD로부터 불호령이 떨어지지는 않을까 전전긍긍하는 것이다.

하지만 그것도 잠시, 유명한 PD를 보고 있던 작가의 눈에 유명한 PD가 입가에 미소를 짓고 있는 것이 눈에 들어왔다.

분명 자신의 의도와 상반된 결과가 나왔는데 기뻐하는 모습에 그녀는 의아한 생각이 들지 않을 수 없었다.

자신이 생각한 그림과 다르게 촬영이 되면 무척이나 신경질적으로 변하는 유명한 PD의 성격을 너무도 잘 아는 그녀로서는 정말이지 믿을 수 없는 광경이었다.

어찌 된 영문인지 알 수는 없었지만 유명한 PD의 그런 모습이 들어오자 그녀는 적잖이 안심이 되었다.

"컷! 테이프 갈고 가겠습니다."

그녀가 불안한 표정으로 유명한 PD를 지켜보고 있을 때, 촬영을 하고 있던 카메라 감독이 소리쳤다.

겨우 두 번의 미션이 끝났지만 벌써 테이프를 갈아야 할 때가 되었다.

그도 그럴 것이 미션에 도전을 하는 출연자가 기존의 두 배나 되었기에 찍어야 할 분량이 많았다.

그러다 보니 얼마 찍지도 못했는데, 벌써 테이프를 갈아야 할 때가 된 것이다.

테이프를 가는 동안 다시 휴식 시간이 주어졌다.

하지만 첫 번째 미션을 끝내고 주어진 휴식 시간보다 이번 휴식 시간은 상당히 길었다.

정신없이 촬영을 하던 중 많은 시간이 지나 점심시간이 다 되었기 때문이다.

그 때문에 휴식 겸 점심시간도 함께 가지다 보니 두 시간의 휴식 시간이 주어졌다.

*　　　*　　　*

점심으로는 도시락이 주어졌다.

촬영이 오전 10시에서 오후 5시까지 계획되어 있었기에 비록 두 시간이라는 여유 있는 시간이 주어지긴 했지만 촬영장 밖으로 나가 식당에서 먹을 수 있을 정도로 넉넉한 편은 아니었다.

그래서 제작진에서는 오늘 촬영에 들어가기 전 점심으로 도시락을 준비한 것이다.

그렇다고 도시락이 싸구려인 것은 아니었다.

흰 쌀밥에 제육볶음이 포함된 다섯 가지 반찬과 맑은 된장국에, 디저트로 열대 과일 통조림과 원두커피까지 포함된 도시락이었다.

그러니 비록 도시락이었지만 출연진이나 제작 스텝들 어느 누구도 점심에 대한 불만이 없었다.

원래라면 이정도 퀄리티의 도시락이 아닌 상당히 떨어지는 도시락이 주어졌겠지만, 도전! 드림팀에 제작비를 후원하는 기획사들로 인해 제작비가 늘어나면서 식사에 필요한 예산도 늘어나 이정도 퀄리티의 도시락을 준비할 수 있었다.

그렇게 도시락으로 점심을 해결하고 점심이 소화가 될 수 있도록 쉬는 시간도 넉넉히 주어지자 오후 촬영은 보다 더 박진감 있게 진행이 되었다.

세 번째 미션으로 익스트림 스포츠의 하나인 암벽 타기를 하였다.

15m의 정규 코스가 아닌 5.6m의 체험용 인공 암벽이었지만 암벽 타기는 보기보다 어렵고 힘든 운동이다.

더욱이 도전! 드림팀 제작진은 두 명이 경쟁을 하는 시스템을 도입해 출연자들의 순위를 매겼다.

승자는 계속해서 승자와 대결을 하고, 패자는 패자대로 그들끼리 대결을 하여 승자는 패자 부활을 하여 승자 조 패자와 재대결을 하는 방식으로 게임이 진행이 되었다.

타임 어택 대결이 계속해서 진행이 되기에 경기가 끝나고 모든 출연자들이 지쳤다.

물론 다른 사람보다 월등한 체력을 가지고 있는 수현은 예외였지만 그런 모습을 보여줄 수 없어 다른 사람과 비슷한 모습을 보여주었고, 출연자들이 모두 지친 모습을 보이자 유명한 PD를 비롯한 도전! 드림팀 제작진들은 만족한 표정을 지으며 다음 미션을 진행시켰다.

이렇게 인공 암벽 타기를 시작으로 오후 미션이 계속되면서 각 미션마다 순위가 정해지고 또 순위에 따른 점수를 합산하여 도전! 드림팀 시즌3의 출연진이 가려지게 되었다.

모든 미션이 끝나자 제작진은 오늘 미션을 한 모든 출연자들에게 미션을 하면서 얻은 점수를 공개하였다.

"자! 지금부터 오늘 미션을 통해 획득한 점수를 발표하겠습니다."

MC이훈재가 진지한 표정으로 출연자들을 보며 이야기를 하였다.

잠시 뒤 스태프 중 한 명이 큐 카드를 전달하고 빠르게 화면을 벗어나자 이훈재는 그것을 들고 읽기 시작했다.

"결과가 나왔습니다."

두두두두!

소리는 들리지 않았지만 이훈재의 말이 끝나자 출연자들의 귓가에는 그런 효과음이 들리는 듯하였다.

"대망의 1위는 첫 번째 미션에서 3m10㎝로 도전! 드림팀 신기록을 기록하고 두 번째 미션에서는 네 번째로 미션을 통과, 세 번째 암벽 타기 미션에서 또 다시 1등을 하여… 종합점수 25점 중 23점을 획득한 정수현! 이어서 2위는 첫 번째 미션 4등, 세 번째 암벽 타기에서 1위 정수현에게 아깝게 져서 2등을 하였으며… 최종 점수 21점을 획득한 도전! 드림팀의 레전드, 미키 김! 3위는… 20점……."

등수가 발표가 될수록 그것을 듣는 출연자들의 표정에 희비가 엇갈렸다.

게임을 할 때는 몰랐지만 자신들이 미션을 통해 얻은 점수가 종합이 되면서, 합계 점수의 발표 결과에 따라 도전! 드림팀의 시즌3에 출연할 수 있는 기회가 결정이 되기에 먼저 자신의 이름이 호명이 된 사람들의 표정은 밝아졌고, 이름이 불리지 않은 사람의 표정은 점점 굳어갔다.

"마지막 종합 합계 15점으로 안타깝게 최하위를 차지한 참가자는 도전! 드림팀의 감초로 시청자들에게 많은 웃음을 주었던 손준영 씨입니다."

마치 1등을 호명하듯 이훈재는 꼴찌를 한 손준영을 향해 웃으며 손짓까지 하여 손준영을 가리켰다.

그 모습에 호명을 받은 손준영은 속으로는 화가 잔뜩 났지만 겉으로는 어떤 표정도 지을 수 없었다.

그도 그럴 것이 방금 호명을 한 이훈재는 그가 쳐다보기도 까마득한 선배 방송인이었기 때문이다.

그러니 괜히 엉뚱한 곳에 불똥이 튀었다.

'저 자식만 아니었어도 오늘 게임을 그렇게 망치지는 않았을 것인데……'

그는 대기실에서 시비가 붙은 수현을 아무도 모르게 노려보았다.

Chapter 5

이재명 사장의 선택

KTV의 일요일 간판 예능인 도전! 드림팀이 시즌2를 마감하고 시즌3를 준비하기 위해 비밀리에 멤버 선발전을 가졌다.

기존 도전! 드림팀 시즌1과 시즌2가 출연자들을 우선 모집을 한 뒤 촬영을 했던 방식과 다르게 시즌3는 떨어지는 시청률을 의식해서 그런지 보다 파격적인 시스템을 도입을 하였다.

원래 방송국 제작 여건상 예산 문제로 번번이 불발이 되었던 안건이지만, 이번엔 시즌3를 통해서 신인을 키우려는 연예 기획사들이 솔선을 하여 제작비를 일부 지원을 하면서 문제가 해결이 되었다.

단순히 연예 기획사에서 제작비를 대고, 그 조건으로 자사의 신인 아티스트를 일방적으로 끼워 넣는 방식이었다면 제작진은 물론 시청자들 사이에서도 좋지 않은 말이 나올 수 있었지만, 이번에는 멤버 선발 자체를 선발전이라는 형태로 공개하여 그런 뒷말이 나오는 것을 원칙적으로 방지할 수 있었다.

더욱이 예전에는 기획사들이 순수하게 프로그램 제작비를 지원하는 것이 아니라 국장이나 CP 등 영향력 있는 고위층들에게 뇌물과 같은 형태로 건네주어 개인적으로 착복을 하는 경우가 있었다면, 이번에는 그런 것이 없고 전부 투명하게 영수증 처리를 하여 기획사가 지원하는 제작비 전액이 방송 제작에 투입이 되었다.

이렇게 멤버 선정 과정부터 영수증 처리까지 철저히 하다 보니 이것을 두고 로비라고 걸고넘어질 건더기조차 없었다.

그래서 그런지 시즌3에 들어가는 도전! 드림팀 제작진의 기분은 무척이나 고양되었다.

예산이 풍부해지다보니 PD인 유명한은 도전! 드림팀 시즌3를 제작하면서 많은 시도를 할 계획을 가지고 있었다.

특히나 프로그램 형편상 그동안 못했던 여러 가지 장치들을 이용해 출연자들이 미션을 성공하지 못하게 궁리를 하였는데, 이는 유명한 PD만의 생각이 아니라 도전! 드림팀에 투입되는 제작진 모두의 생각을 모아 그렇게 만들 예정이다.

그래서 유명한 PD는 이런 강도 높은 촬영을 위해 보다 능력이 뛰어난 출연자들을 원했고, 그런 요구에 맞춰 시즌3에 출연할 출연자들을 새로 선발하기에 이르렀다.

사실 도전! 드림팀은 오래 전부터 한계에 부딪혀 있었다.

도전! 드림팀 시즌2는 미키 김이라는 레전드가 탄생을 하면서 시즌1의 인기를 넘어서 국민 예능으로 자리를 잡았다.

하지만 계속해서 미키 김과 같은, 아니 버금가는 스타라도 탄생을 했다면 도전! 드림팀의 인기는 지금과 같지 않았을 것이다.

불행히도 도전! 드림팀은 미키 김이 나타나면서 불꽃 같은 인기를 끌었지만, 아이러니 하게도 미키 김의 너무도 압도적인 경기력으로 인해 일방적인 승부가 거듭되면서 인기는 점점 시들해졌다.

물론 시즌2가 진행이 되는 동안 미키 김을 위협할 만한 능력자가 나타나지 않은 것은 아니었다.

하지만 도전! 드림팀에게 불행하게도 그런 스타는 미키 김 이상의 스타성을 가진 인물들이어서 도전! 드림팀에서 오래도록 머물지 않았다.

혼혈이라는 한계를 가진 미키 김과는 다르게 그들은 순수

한국인으로 미키 김보다 더 많은 기회를 방송에서 가지면서 도전! 드림팀 말고도 여러 곳에서 러브콜을 보내와 다른 방송국 방송 프로그램에 진출을 함으로써 도전! 드림팀을 떠났다.

그 때문에 유명한 PD는 스타를 발굴했음에도 불구하고 본사에 시말서를 쓰기도 했다.

키워낸 스타를 다른 방송국에 빼앗겼다는 이유에서였다.

하지만 방송국 PD인 유명한이 떠나는 연예인을 붙잡을 수 있는 것도 아니고, 그런 것은 방송국 고위층이 기획사와 이야기할 일이지 일개 PD가 할 수 있는 일은 아니었다.

그럼에도 누군가 책임을 져야 하는 상황에서 고위직은 자신들이 책임을 지기 보단 직급이 낮은 PD에게 책임을 물었고, 유명한 PD는 도전! 드림팀의 책임 PD였기에 어쩔 도리 없이 시말서를 써야만 했다.

그런데 시즌3 출연자 선발을 하는 과정에서 미키 김 이상의 스타성이 있는 인재를 발견한 유명한 PD는 여기서 고민을 하지 않을 수가 없었다.

미키 김과 함께 시즌3를 이끌고 갈 인재를 발견했지만 그가 그간의 다른 연예인들처럼 인기만 따먹고 중간에 또다시 도전! 드림팀을 떠날지도 모른다는 걱정이 들었다.

그렇다고 그것이 두려워 그 인재를 빼고 시즌3를 찍는다는 것도 말이 되지 않았다.

그렇게 한다면 그건 시즌2나 마찬가지일 뿐이었다.

비록 늘어난 예산으로 시설을 더욱 획기적으로 바꾸었다고 하지만 출연진이 시즌2의 인물들 그대로 가거나 미키 김에 버금가는 능력자가 없는 상황에서 제작을 하면 결국 타이틀만 시즌3이고 내용은 시즌2의 반복일 수밖에 없어지니 그럴 수 없었다.

"박 작가!"

"네, PD님!"

"킹덤 엔터에 확답 받으셨죠?"

유명한 PD는 도전! 드림팀의 막내 작가인 박은지 작가를 불러 물었다.

그녀가 킹덤 엔터의 이재명 사장의 제안을 자신에게 전달을 했었기에 도전! 드림팀이 시즌 3에 들어가기 전 제작비 지원을 하겠다는 기획사들과의 연락을 그녀에게 맡겼었다.

물론 지원과 관련한 구체적인 조율은 보다 윗선에서 담당하였지만, 각 소속사의 출연자들과 관련한 사항은 그녀가 담당하고 있었다.

"예, 시즌3에 정수현 씨가 출연을 하게 된다면 최소 12회 출연을 확답 받았습니다."

"그래, 그 정도면 나중에 정수현이 빠져나간다고 해도 어느 정도 성과를 낸 상태일 것이니 위에서도 뭐라고 하지 않겠지……."

유명한 PD는 수현이 시즌3에 들어가게 된다면 분명 유명해질 것이라 확신을 하고 있었다.

"저희가 제안을 하기도 전에 킹덤 엔터에서 최소 출연을 12회로 말을 하더군요."

"하하, 그게 정말입니까?"

작게 혼잣말을 하던 유명한 PD는 박은지 작가가 연이어 이야기를 하는 것을 듣고는 눈을 반짝였다.

킹덤 엔터에서 먼저 12회 출연을 언급을 했다면 조금 더 출연 횟수를 늘릴 수 있을 것 같았다.

12회 출연이면 도전! 드림팀이 일주일에 한 번 일요일에 송출이 되는 것을 감안하면 3개월 정도 방송을 나가는 것이다.

즉, 한 분기를 나가는 것이니 자신도 위에 충분히 명분이 서는 것이지만, 그래도 수현이 조금 더 출연을 해준다면 더욱 좋을 것 같았다.

"이재명 사장에게 내가 좀 봤으면 한다고 좀 전해줘!"

유명한 PD는 기분이 좋아져 이참에 보다 관계를 돈독히 하고 자세한 이야기를 나누고자 박은지 작가에게 지시했다.

그런 유명한 PD의 말에 박은지 작가는 살짝 미간을 찡그렸다.

솔직히 자신이 이 팀에 막내이기는 하지만 자신은 프로그램 작가지 제작국 직원이 아니다.

그런 일은 제작국 직원에게 하거나 자신이 직접 해야 할 일인데 그저 먼저 킹덤 엔터의 제안을 전달했다는 이유로 계속해서 그 일을 하고 있는 것이 불만이었다.

하지만 직위가 깡패라고 말이 프리랜서지 사실상 계약직 직원인 작가, 그것도 이름이 알려진 작가도 아닌 예능 프로그램의 막내 작가다보니 PD의 말 한 마디면 바로 실직자가 될 수도 있어 울며 겨자 먹기로 그 말을 따를 수밖에 없었다.

"알겠습니다."

억지로 대답을 한 박은지 작가는 속에서 끓어오르는 불만이 턱밑까지 치고 올랐지만 참았다.

'하! 오늘도 한잔하지 않으면 잠이 오지 않겠군!'

그녀는 속으로 그렇게 불만을 토로하며 밖으로 나갔다.

PD의 지시를 따라야 했기에 킹덤 엔터에 전화를 하기 위해서다.

* * *

"예, 알겠습니다."

탁!

도전! 드림팀의 작가와 통화를 마친 이재명은 잠시 내려놓은 전화기를 쳐다보았다.

톱스타 최유진의 부탁 때문에 억지로 스케줄을 잡고 수현을 도전! 드림팀에 꽂았다.

수현이 비록 모델계에서 이름을 알리기 시작했다고는 하지만 도전! 드림팀은 공영 방송인 KTV의 일요일 간판 예능이다.

미록 예전만 못하다고 하지만 그 위상은 수현처럼 방송에서 거의 무명이나 다름없는 존재가 들어갈 수 있는 프로가 아닌 것이다.

그럼에도 킹덤 엔터라는 이름을 앞세워 수현을 들이밀었다.

거기에 프로그램 제작비 일부를 지원해 준다는 조건까지 걸었다.

물론 프로그램 하나를 제작하는데 한두 푼이 들어가는 것이 아니기에 이재명은 킹덤 엔터 혼자 감당하지 않고 비슷한 입장에 놓인 다른 기획사도 자신의 계획에 끌어들였다.

수현을 도전! 드림팀에 꽂는데 들어가는 비용을 최유진이 낸다고 말을 하였지만 기획사 사장인 이재명이 자신이 대리고 있는 소속사 연예인에게 비용을 대라고 했다는 사실이 외부에 알려진다면 체면이 말이 아니게 되기에 그럴 수는 없었다.

어차피 모험이기는 하지만 수현이 도전! 드림팀 시즌3에 출연을 하게 되고 또 이름을 알리게 된다면 이재명이나 킹덤 엔터에도 손해날 것이 없기에 최유진의 말은 한 귀로 듣고 한 귀로 흘려보냈다.

그리고 수현에게 어느 정도 끼를 보았기에 이재명은 그것이 도박으로만 끝날 것이라 생각지는 않았다.

물론 그렇다고 이렇게 빨리 신호가 들어올지는 예상치 못했다.

'그놈 뭐지? 도대체 가서 어떻게 했기에 PD가 날 만나자고 하는 것이지?'

이재명은 도저히 감을 잡을 수가 없었다.

방금 전 통화를 한 작가의 반응을 보면 자신이나 킹덤 엔터네 나쁜 이야기가 나올 것 같지는 않았기 때문이다.

최유진의 경호원으로 1년 가까이를 근무하던 수현을 보았기에 이재명도 수현이 보통 사람보다 월등한 신체 스펙을 가지고 있다는 것을 알고 있다.

그 때문에 다른 프로그램도 아니고 높은 신체 능력을 요구하는 도전! 드림팀에 밀어 넣은 것이다.

수현의 능력이라면 시즌 도전! 드림팀의 출연자들과 비교를 해도 상위에 속할 것이 분명했다.

그러니 도전! 드림팀의 작가도 전화를 주고 또 PD인 유명한도 자신을 보자고 했을 것이라 짐작했다.

'혹시 기존 출연보다 더 출연 횟수를 늘리자는 제안을 하려는 것은 아닐까?'

이재명은 문득 그런 생각이 들었다.

사실 이재명도 KTV의 도전! 드림팀을 매주는 아니지만 가끔 챙겨보았다.

그 또한 사람인지라 업무를 보다보면 스트레스가 쌓이는데, 그것을 푸는 방법으로 다른 사람들이 고생을 하는 것을 보면서 위안을 삼기도 했다.

그렇다고 이재명이 남의 고통을 즐기는 사디스트는 아니다.

어려운 일에 도전을 하고 실패와 성공을 하는 과정을 보면서 남이 실패를 했을 때나 성공을 했을 때 자신을 그것에 대입하여 대리만족을 하는 것뿐이다.

그리고 연예 기획사 사장으로써 방송국에서 하는 프로그램들 중 간판이라 이름이 붙은 프로그램 정도는 본방은 아니더라도 재방송으로라도 모니터링을 한다.

그러니 도전! 드림팀의 콘셉트나 인지도 등을 알고 있는 것이다.

그렇기에 신체 능력이 뛰어나면서 또 모델로서 인지도를 가진 수현을 스타로 만들기 위해 가장 좋은 방송 프로를 찾았고, 그것이 바로 KTV의 도전! 드림팀이었다.

결과적으로 이재명 사장의 선견지명은 녹슬지 않았다.

오늘이 도전! 드림팀 시즌3 출연자 선발을 하는 날이라는 것을 알고 있는 그로서는 수현의 매니저에게서 보고를 받기도 전에 방송국 측에서 먼저 전화를 한 것만으로 수현의 시즌3 출연에 대한 감을 잡을 수 있었다.

결과를 받고 자신들이 먼저 전화를 한 것도 아니고 제작진에서 먼저 연락이 왔다는 것은 그만큼 킹덤 엔터의 소속 연예인인 수현이 마음에 들었다는 말이나 마찬가지였다.

그러니 이재명은 이것을 어떻게 활용할지 지금부터 고민을 해야 했다.

기존 구두계약을 했던 것처럼 12회만 출연을 할 것인지, 아니면 도전! 드림팀의 PD인 유명한을 만나 출연 횟수를 더 늘릴 것인지를 말이다.

그리고 결론은 금방 났다. 유명한 PD가 수현의 출연 횟수를 늘리자고 제안을 한다면 킹덤 엔터로써는 만사 OK다.

도전! 드림팀과 같은 유명 예능에 한 번 출연을 한다는 것도 신인으로써 대단한 경력이 될 수 있는데, 기본 12회 출연에서 $+\alpha$가 되는 것이니 스타가 되는 것은 따 놓은 당상이다.

굳이 이를 거절할 이유가 없는 것이다. 그리고 소속 연예인이 방송 스케줄이 늘어난다는 것은 그대로 기획사의 수익으로 연결이 된다.

이재명은 정말이지 가만히 있는데, 자신도 모르게 입가에 미소가 걸렸다.

'훗훗! 우후후!'

도전! 드림팀의 작가인 박은지로부터 전화를 받은 뒤 기분이 좋아진 이재명은 한편으로는 이상한 생각이 들었다.

'그런데 유진이는 어떻게 정수현에게서 그런 것을 알아보고 그런 말을 한 것이지?'

이재명은 한 달여 전 자신을 찾아와 수현을 스타로 만들자고 주장하던 최유진의 모습이 떠올랐다.

* * *

스윽! 스윽!

이재명은 여느 날처럼 밑에서 올라온 결재 서류를 살피고 있었다.

삐!

— 사장님! 최유진 씨 오셨습니다.

'무슨 일이지?'

이 시간에 최유진이 자신을 찾아올 일이 없다는 것을 알기에 그녀가 찾아온 것이 의아한 생각이 들었지만 일단 그녀를 맞았다.

"들여보내."

— 알겠습니다.

똑! 똑!

덜컹!

문이 열리고 최유진이 들어왔다.

이재명은 하던 일을 멈추고 안으로 들어오는 최유진을 맞았다.

"어서와! 그런데 어쩐 일로 날 보자고 한 거야?"

자리에서 일어나 사무실 가운데 놓인 소파로 걸어가며 물었다.

"요즘 개인적인 일 때문에 일방적으로 스케줄을 줄여달라고 했던 것에 대한 사과도 하고 또 부탁할 것도 있어서 사장님을 찾아왔어요."

최유진은 아무런 표정의 변화 없이 담담하게 이야기하였다.

"부탁?"

"네!"

최유진이 부탁이라고 말을 하자 이재명은 고개를 갸웃거렸다.

그녀가 자신에게 부탁할 것이 무엇이 있을까? 생각을 해보지마 스케줄 말고는 자신에게 부탁을 할 것이 없었다.

그런데 그런 것이라면 굳이 사장인 자신을 찾아와 부탁을 할 것이 아니라 매니저인 이소진에게 말만 해도 회사에서는 그녀의 스케줄을 조정을 해주기 때문이다.

그런데 부탁이라는 말을 그녀가 꺼냈다는 것은 말 그대로 스케줄적인 일이 아닌 개인적인 부탁이란 소리였다.

"일단 차는 무엇으로?"

이재명은 이야기가 길어질 것 같아 최유진에게 음료를 뭘로 할 것인지 물었다.

"아니에요. 금방 나갈 거예요. 처리해야 할 일도 있고⋯⋯."

대답을 하는 최유진의 표정이 순간 굳어졌다.

최근 남편과의 이혼 소송 문제로 오늘 변호사와 만나기로 했기 때문이다.

"그래."

막 인터폰을 들던 이재명은 최유진의 말에 수화기를 내려놓았다.

"그럼 이야기해봐."

수화기를 내려놓은 이재명은 편안하게 자세를 잡으며 말했다.

그런 이재명을 보며 최유진은 진지한 표정으로 이야기를 하기 시작했다.

"사장님! 정수현 어떻게 생각하세요?"

부탁을 할 것이 있다고 이야기하던 최유진이 부탁할 말을 하는 것이 아니라 느닷없이 정수현에 대한 질문을 해오자 이재명은 의아해했다.

너무도 의외의 질문에 이재명은 그저 멀뚱히 눈만 깜빡이

며 최유진을 보았다.

짐사 두 사람은 말없이 서로를 쳐다보았다.

"무슨 뜻으로 그런 질문을 하는 것이냐?"

이재명은 최유진을 보며 정색을 하며 물었다.

지금까지 최유진은 단 한 번도 스캔들을 일으킨 적이 없는, 자기관리가 철저한 스타였다.

그런데 느닷없이 자신을 경호하던 수현에 대한 질문을 하자 이상한 기분에 물어본 것이다.

"전 그냥… 수현이 스타가 될 수질이 충분하다고 생각해 말하는 것이에요."

대답을 하는 최유진은 어떤 감정도 드러나지 않은 표정으로 자신을 추궁하는 이재명에게 이야기하였다.

그런 최유진의 얼굴을 한참 쳐다보던 이재명은 표정을 풀고 말을 하였다.

"물론 그 친구가 소질이 있는 것은 나도 아는데, 너무 늦었다."

"아니요. 늦지 않았어요."

이재명도 수현이 끼가 다분하다는 것을 알아보았고, 또 재능도 있다는 것도 알았다.

하지만 그가 생각하기에 수현은 너무 늦게 눈에 띄었다.

비록 모델로서 이름을 알리고 있다고 하지만 그것도 한때다.

수현에게는 연예인이 되기 위한 어떤 준비도 되어 있지 않았기 때문이다.

이는 겉으로 보이는 스펙상 그런대로 봐줄만 하지만 나이가 문제였다.

요즘 연예인이 되기 위해선 어려서부터 관리가 필요한데, 수현은 그렇지 못했다.

벌써 20대 초중반인 나이인 수현이 연예인이 되기 위해선 배워야 할 것이 너무도 많았다.

스타가 되기 위해선 우선 배우나 가수가 아니더라도 노래도 배우고, 연기도 배워야 한다.

뿐만 아니라 유머 감각도 필요했으며, 그런 모든 것을 갖추고도 +α를 가져야 했다.

남을 끌어들이는 매력이 바로 이재명이 생각하는 +α에 해당하는 것인데, 수현은 이것은 충분해 이재명도 그것만 생각하면 수현이 너무도 아깝다는 생각을 하였다.

하지만 남을 끌어들이는 매력을 가지고 있다고 해도 너무 늦은 나이에 이쪽으로 들어왔기에 한계가 분명했다.

그런 수현을 키우는 것은 새로 어린 신인을 키우는 것의 배 이상 되는 노력과 자본이 들어간다.

그렇기에 이재명은 수현이 가능성이 있음을 알면서도 수현을 모델 그 이상의 일을 권하지 않았다.

그런데 지금 최유진은 그런 수현을 본격적으로 키우자는

이야기를 하고 있는 것이다.

"사장님께선 수현이를 자주 접하시지 않아 보지 못하셨겠지만, 그는 너무도 뛰어난 지능을 가지고 있고 또 정신력 또한 남들보다 월등해요."

최유진은 수현에 대한 장점을 하나하나 설명을 하며 수현에 대한 자신의 생각을 이야기 하였다.

"비용 문제라면 제가 그에게 투자를 하겠어요."

10대에 아이돌 가수로 연예계에 데뷔를 하고, 시작부터 엄청난 히트를 하면서 스타가 되었다.

더욱이 최유진은 아이돌 가수로만 멈춘 것이 아니라 연기에도 재능을 보이며 대한민국은 물론이고 아시아의 여왕으로 등극을 하였다.

한국, 일본, 중국은 물론이고 동남아시아까지 망라해 그녀만의 왕국을 구축했다.

그녀가 한 번 해외 공연을 한다고 하면 광고가 나가기 무섭게 한 시간도 되지 않아 티켓이 매진이 되었다.

비록 지금 나이를 먹고 또 결혼을 했다고 해도, 아직도 그녀의 인기는 식을 줄 몰랐다.

육아 때문에 3년이나 연예계를 떠나 있었는데도 그녀의 인기는 죽지 않았다.

보통 연예인이 1년만, 아니 6개월만 활동을 하지 않아도 인기가 줄어들고, 심하면 잊혀지는 곳이 연예계다.

하물며 3년이나 활동을 하지 않았는데도 복귀작이 관객 동원 1,000만을 넘기고 대 흥행을 했을 뿐만 아니라 외국에도 엄청난 로열티를 받고 팔렸다.

그러니 그녀의 재산은 엄청나다. 더욱이 연예계 활동을 하면서 벌어들인 돈도 돈이지만, 그녀는 투자의 귀재이기도 했다.

그녀가 투자를 하는 곳은 언제나 돈이 되었다.

대박을 친 곳도 있고, 중박을 친 곳도 있지만 쪽박을 찬 곳은 하나도 없었다.

그 때문에 연예계에서는 그녀만 따라 투자를 해도 손해를 보지 않는다는 묻지마 투자도 성행을 했었다.

실재로 최유진을 따라 투자를 했다 상당한 재산을 불린 연예인이 한두 명이 아니었다.

그런 최유진이 회사에서 수현에 대한 투자를 하지 않겠다면 자신이라도 투자를 하겠다고 말을 하고 있었다.

"음, 유진이 너는 정수현의 성공을 그렇게 확신을 하는 것이냐?"

이재명은 최유진의 단호한 모습에 아직 의문이 가시지 않았지만 질문을 하지 않을 수 없었다.

그녀가 확신이 없는 곳에 투자를 하지 않는다는 것을 잘 알기 때문이다.

남들은 그저 최유진이 운이 좋아 그렇다고 생각하지 최유진이 투자를 하기 전 얼마나 집요하게 그것을 공부하고 조사를 하는지는 몰랐다.

그런 최유진의 성격을 잘 알고 있는 이재명은 그녀가 수현에 대한 성공을 확신하는데 자신이 모르는 어떤 근거가 있다고 생각을 하였다.

하지만 최유진이 그저 즉흥적으로 자신을 배신한 남편에 대한 반발심에 수현을 자신과 어울릴 만한 존재로 만들려고 한다는 것은 알지 못했다.

최유진의 매니저인 이소진이 그러한 보고를 하지 않았기 때문이다.

원칙대로라면 이소진은 최유진의 매니저로서 그녀에게 일어나는 모든 일들을 회사에 보고를 해야만 했다.

하지만 오랜 기간 최유진의 매니저로 활동을 하면서 이소진은 최유진과 그저 단순하게 연예인과 매니저의 관계가 아니라 친자매와 같은 관계가 되어 있었다.

그 때문에 하룻밤의 사고라고는 하지만 최유진과 수현의 일은 그녀에게 엄청난 약점이 될 수 있기에 소속사 사장인 이재명에게도 알리지 않았다.

그리고 최유진이 수현을 자신에게 어울리는 스타로 만들려고 하는 것도 현재 그녀가 처한 상황 때문에 정상적인 판단을 하지 못해 그러한 생각을 하고 있다고 판단했지만, 그것을 막지는 않는 것이다.

정신적으로 불안정한 최유진을 위해 그렇게 해서라도 다른 쪽으로 지금 받고 있는 스트레스를 풀어 정신을 차렸으면 하는 생각에서 놓아두는 중이다.

스트레스가 풀리고 최유진의 정신이 안정이 되면 다시 예전의 모습으로 돌아갈 것이라 생각하기에 이소진은 현재 최유진이 보이는 수현에 대한 집착 증세를 그냥 두는 것이다.

어차피 최유진과 그녀의 남편과의 관계는 더 이상 넘어올 수 없는 강을 건넜다는 것, 그리고 현재 흔들리는 최유진을 붙잡아 줄 수 있는 존재가 뚜렷하게 없는 현재로선 그녀가 집착하는 수현이라도 있는 것이 좋을 수 있다고 판단했다.

그래서 놔두는 것이지 다른 뜻이 있는 것은 아니다.

"그는 천재에요."

"천재?"

"네, 그는 모델과는 전혀 연관이 없던 중에도 포토그래퍼인 김영만 씨의 눈에 띄었지요."

수현에 대한 이야기를 하면서 어느 순간 최유진은 수현에 대한 호칭이 바뀌었다.

하지만 너무도 놀라운 이야기를 하다 보니 이재명은 그것을 눈치 채지 못하고 있었다.

"수현 씨 연기력이면 지금 데뷔를 시켜도 충분할 정도에요."

최유진은 이야기를 하던 중 수현이 생각났는지 밝게 웃으며 말을 하였다.

그런 최유진의 말에 조금 머릿속으로 손익계산을 하고 있던 이재명은 눈이 동그랗게 떠졌다.

"그게 사실이야? 그걸 네가 어떻게 알아?"

고개를 갸웃거리며 물어보는 이재명 사장, 그는 최유진이 어떤 근거로 수현이 지금 바로 연기에 도전을 해도 충분하다고 하는지 알 수가 없어 되물었다.

그러자 최유진은 이재명 사장의 질문에 바로 대답을 하였다.

"수현 씨가 제 경호원을 할 때, 종종 제 연습 파트너가 되어주었어요."

"그건 이소진 팀장에게 들었어."

이소진은 최유진 혼자만을 담당하지만 섭외 능력도 있고, 또 자신이 담당하는 연예인을 케어해 주는 능력도 뛰어나 팀장의 직위를 가지고 있다.

그렇기에 이재명도 믿고 킹덤 엔터의 간판 톱스타인 최유진을 담당하게 하는 것이다.

그리고 수현이 최유진의 경호원이었을 당시 매일 일과를 보고하면서 그녀에게서 수현이 최유진의 연습 파트너로 종종 도움을 주고 있다는 것을 들었다.

하지만 그건 말 그대로 최유진이 대사 연습을 할 때 상대역으로 대사를 쳐주는 것뿐이다.

그런데 그런 것을 들어 말하고 있는 저의를 알 수가 없어 이재명은 최유진을 조용히 쳐다보았다.

그런 이재명 사장의 모습에 최유진은 살짝 미소를 머금고 근거를 들려주었다.

"소진이에게 들으셨겠지만 처음 연습 파트너로써 대사를 쳐줄 때만해도 정말 아무 것도 모르는 초보더군요."

"그렇겠지."

"네, 그랬어요. 그런데 며칠이 지나선 다르더군요."

"응? 그건 또 무슨 소리지?"

"말 그대로에요."

최유진은 이재명의 물음에 대답을 하면서 당시 수현과 언더그라운드의 대사를 연습하던 때를 생각하는지 시선은 눈앞에 있는 이재명에게 가 있지 않고, 어딘가를 지긋이 쳐다보았다.

그러다 다시 정신을 차리고 이야기를 계속하였다.

"하루하루가 달라지더군요."

"음……."

"물론 전문적으로 교육을 받지 않아 그런지 가끔 뜬금없기는 했지만 분명 그가 하는 대사는 상대가 편안하게 다음 대사에 몰입을 할 수 있게 만들었지요."

"유진이 네 말대로라면 상당한 연기에 상당한 재능이 있다는 말인데……."

이재명은 최유진의 말에 눈이 번뜩였다.

정말로 최유진의 말대로라면 배우로써 최고의 재능 중 하나를 가진 것이다.

연기를 하면서 본인뿐만 아니라 상대를 편하게 장면에 몰입을 할 수 있게 만든다는 것은 베테랑 연기자들 속에서도 몇 명 가지고 있지 않은 특별한 재능이었기 때문이다.

하지만 이재명이 놀라기는 아직 일렀다.

"그뿐만이 아니에요."

"응? 더 있어?"

지금도 놀라운 말이었는데, 더 놀랄 일이 있다고 하자 조금 전과 다르게 이재명은 몸을 앞으로 내밀며 관심을 보이기 시작했다.

조금 전까지는 킹덤 엔터의 최고 스타가 자비를 들여서 육성을 하겠다고까지 하는 정수현에 대해 이야기나 들어보자는 마음이었다면, 지금은 스타로 떠오를 수 있는 자질을 가진 것 같은 원석에 대한 이야기를 듣는 것이라 흥미가 동했던 것이다.

정말로 그런 소질이 있다는 것이 증명이 된다면 조금 전 최유진에게 했던 말을 적극적으로 진행할 의향이 있었다.

물론 듣고 가능성이 있다면 회사 차원에서 투자를 할 것이지만 그 투자 금액은 이제부터 판단할 생각이다.

"네, 소진이에게 물어보시면 알게 되시겠지만 지금 제가 말씀 드릴게요."

최유진은 잠시 숨을 고르고 수현이 당시 자신의 연습 파트너가 되어주면서 했던 일들 그리고 자신의 대사 연습을 도와주면서 마치 마른 스펀지가 물을 흡수하듯 연기를 빨아들이는 모습에 대해 열변을 하였다.

그런 최유진의 이야기에 이재명은 눈이 커졌다.

연기라고는 한 번도 해본 적이 없는 생짜가 대본 연습을 도와주면서 연기력을 흡수했다는 말은 엔터테인먼트를 운영하는 그로서도 듣도 보도 못한 엄청난 이야기였기에 놀라지 않을 수 없었다.

더욱이 조금 전 데뷔를 시켜도 될 것이라고 했던 말이 기억났다.

그 말은 킹덤 엔터의 신인 연기자로 내놔도 어디 가서 욕먹을 정도는 지났다는 평가였기에 놀람은 더했다.

대한민국을 넘어 아시아에서는 톱스타라 인정되는 최유진이 데뷔해도 될 정도라고 한다면 그 말이 맞을 것이다.

이재명은 그 말을 듣고 심장이 빠르게 뛰기 시작했다.

이것은 정말이지 호박이 넝쿨째 굴러 들어온 것이나 마찬가지였기 때문이다.

처음 수현과 계약을 했을 때만해도 킹덤 엔터의 최고 흥행 보증수표인 최유진이 3년 만에 연예계 복귀에 도움이 되었으면 하는 바람 하나뿐이었다.

스타라이프

실제로도 그의 기대 이상으로 수현은 경호원으로서 계약 기간 내에 어떤 잡음도 내지 않고 훌륭히 그 임무를 수행했다.

아니, 기대한 바를 넘어서서 최유진이 영화 촬영 도중 건물 옥상에서 추락하는 사고가 발생하였을 때, 수현으로 인해 무사할 수 있었고, 덤으로 사고를 가장한 사건을 일으켰던 범인을 잡아낼 수 있었다.

정말이지 그때만 생각하면 이재명 사장은 눈앞이 깜깜해질 정도로 아찔했다.

그런데 거기서 한 발짝 더 나가 킹덤 엔터의 유일한 모델로 계약을 하였다.

물론 계약을 할 당시 앞에 있는 최유진의 입김이 크게 작용을 하였다는 것은 분명한 사실이다.

하지만 수현은 경호원 계약을 종료하고 자신이 운영하는 킹덤 엔터의 소속 모델로 계약을 하고 나서도 제몫을 해냈다.

물론 앞에 앉아 있는 최유진이나 킹덤 엔터가 보유한 스타들에 비해선 턱없이 적은 액수였지만 그래도 수현에게 투자한 것은 거의 없으면서도 킹덤 엔터는 매달 수현으로 인해 천만 원 가까운 이윤을 냈다.

킹덤 엔터의 입장에선 천만 원이라는 금액이 그리 크게 작용하지는 않지만 그래도 투자금은 전혀 들어가지 않고 순이익으로만 그렇게 벌어들이는 것이니 그것이 결코 적다고 말을 할 수는 없다.

정말이지 킹덤 엔터는 수현과 모델 계약을 하고 그 어떤 도움도 준 적이 없었다.

모델 홍보라던가 하는 것은 킹덤 엔터에 어떤 매뉴얼이 있는 것이 아니었기에 어떻게 도와야 할지 몰랐다.

그럼에도 수현은 존재 자체만으로 일감을 가져왔다.

처음 수현을 부른 것은 처음 그를 발굴한 김영만 포토그래퍼다.

그리고 그의 소개로 점점 일감을 늘려가면서 한 달 수익 분배금이 천만 원이 넘어가게 되었다.

이것은 여타 킹덤 엔터 소속 연예인과는 비교할 수 없는 금액이지만, 모델로 한정을 한다면 이 이야기는 다른 것이었다. 신인 모델로서는 감히 상상도 할 수 없는 금액이다.

모델이 겉으로야 화려하게 보이지만 신인 모델들은 사진 한 장에 그리 많은 금액을 받지 못한다.

아니, 사진 한 장이 아니라 촬영 건 하나에 10~50만 원 정도의 금액을 받는다.

일당이나 시급으로 치면 적은 금액은 아니지만 그런 일이 매일 있는 것이 아니기에 신인 모델인 경우 모델 일만 하는 것이 아니라 시간제 알바를 하는 경우가 많았다.

그만큼 모델은 이름이 알려지기 전까지는 돈이 되지 않

는다.

하지만 일단 이름이 알려지게 되면 그때부터는 형편이 조금 달라진다.

그런데 수현은 처음부터 명성이 자자한 김영만 포토그래퍼의 눈에 띈 덕에 처음부터 몸값이 조금 높게 책정이 되었다.

물론 그렇게 된 데에는 수현이 최유진의 측근이란 것이 크게 작용하였지만 지금 이재명에게는 그런 것이 중요한 것이 아니었다.

모든 것은 결과가 말해주는 것이다.

연예계에서는 일단 뜨고 보라는 말이 있다.

그렇게만 된다면 똥을 싸도 이슈가 된다고 할 정도로 연예계는 새로운 스타를 원하고, 기획사들도 스타를 키우기 위해 별별 작업을 다한다.

그런데 수현은 그런 작업 없이 우연한 기회에 기회를 잡고 연예계로 들어와 작지만 명성을 얻고 있다.

이재명은 수현이 처음 킹덤 엔터와 계약을 하고 지금까지 있었던 일들을 생각해 보았다.

그러자 머릿속에 뭔가가 하나둘 그려지더니 그림 하나가 완성이 되었다.

그리고 그 그림에는 밝게 빛나는 별이 하나 떠 있었다.

"네 판단은 정수현을 당장 스크린이나 드라마에 넣어도

될 정도로 연기가 된다는 말이지?"

이재명은 확인 도장을 받기라도 하듯 최유진에게 또다시 물었다.

"네, 그런데 수현 씨는 아직 자신의 능력에 확신을 갖지 못한 것 같아요. 그리고 제 생각에는 연기 말고도 또 다른 재능이 있을 것 같다는 생각이에요."

"그래?"

"네, 노래나 춤, 토크 등 다양한 것을 가르쳐 봤으면 해요."

최유진은 자신이 그랬던 것처럼 수현에게도 많은 것을 가르쳐 주고 싶었다.

그랬기에 이재명을 찾아 이런 말을 하는 것이다.

"알겠다. 정수현에게 그런 재능이 있다면 연예 기획사로써 놓칠 수는 없지. 한 번 제대로 프로젝트를 짜보자!"

"네! 그 프로젝트에 얼마가 들어도 좋아요. 저도 투자를 할게요."

최유진은 사장인 이재명이 허락을 하자 밝게 웃으며 자신도 투자를 하겠다고 말을 하였다.

그런 최유진의 말에 잠시 생각을 하던 이재명은 더 이상 최유진의 제안에 대해 다른 말을 하지 않았다.

"제가 한 5억 정도 투자를 하면 될까요?"

"뭐? 그렇게나 많이?"

이재명은 수현을 본격적으로 키워보기 위해 구상을 하다 갑자기 들린 최유진의 말에 깜짝 놀랐다.

보통 신인을 키우기 위해서 연예 기획사가 투자하는 금액은 1억~1.5억이 들어간다.

이 금액에는 레슨비와 연습실 대실료 순수 교육비와 교육이 끝난 뒤 이를 알리기 위한 홍보비용까지 포함이 된 금액이다.

물론 단체가 아닌 개인적으로 집중 양성을 하게 되면 비용은 조금 더 올라간다.

하지만 최대 3억 이상은 되지 않았다.

그런데 지금 최유진이 수현을 키우기 위해 혼자 5억 원을 투자하겠다고 하니 놀란 것이다.

그리고 최유진이 이렇게 많은 돈을 투자하겠다는 것에 대해 많은 생각을 하게 만들었다.

'둘이 뭔가 있나?'

이재명은 최유진의 모습에 살짝 자신이 모르는 어떤 비밀이 있는 것은 아닌가 하는 의심이 들었다.

하지만 의심이 간다고 해서 자신이 운영하는 회사의 간판 스타를 윽박지를 수는 없는 일이기에 일단 그녀가 돌아가면 담당 매니저인 이소진을 불러 알아볼 생각을 하였다.

"그건 너무 과한 것 같다. 반반씩 해서 1.5억, 1.5억 해서 3억으로 하자!"

이재명은 5억을 투자하겠다는 최유진에게 개인에게 너무 과한 투자를 하는 것도 좋지 않다고 설득했다.

그런 이재명 사장의 말에 최유진은 잠시 생각을 하다 고개를 끄덕였다.

자신이 생각하기에도 혼자 5억을 투자하는 것은 조금 과하다는 생각이 들기도 했다.

자신 혼자 5억을 투자하면 회사도 지분을 위해 그에 버금가거나 더 많은 금액을 투자해야 하는데, 신인에게 그 이상을 투자하는 것은 자칫 독이 될 수도 있는 것이기에 자신이 조금 과했다는 생각을 하고 이재명 사장의 제안을 받아들였다.

"알겠어요. 제가 좀 과하게 흥분을 했나보네요. 그럼 그렇게 하고… 대신 부탁이 있어요."

"부탁?"

이재명은 최유진이 갑자기 부탁이란 말을 하자 흠칫했다.

또 어떤 말을 해서 자신을 놀라게 할지 두려웠기 때문이다.

"다른 건 아니고요. 수현 씨의 연기 트레이너는 제가 할 거예요."

"뭐!"

이재명은 최유진의 말을 듣고 소리쳤다.

그도 그럴 것이 최고중의 최고인 최유진이 직접 신인 연

기자를 가르치겠다고 하니 놀란 것이다.

방금 최유진의 말은 조금 전 수현을 위해 5억 원을 투자하겠다는 말보다 더 엄청난 충격을 이재명에게 가져다주었다.

그도 그럴 것이 아시아의 여왕이라 불리고 있는 최유진이 레슨을 한다는 것은 단순 돈으로 환산할 수 없는 가치를 가진다.

막말로 최유진이 가르친 신인 연기자라는 타이틀만 가지고 데뷔를 하면 최소 천만 이상은 그에게 관심을 보일 것이다.

물론 그 숫자는 국내뿐만 아니라 최유진의 팬들이 있는 나라들을 모두 합쳐서 나온 숫자다.

그리고 그 관심은 최유진의 팬들 뿐만 아니라 방송이나 영화 관계자들 또한 마찬가지다.

최고의 톱스타 최유진이 어떤 것을 보고 직접 가르쳤는지 궁금해질 것이기 때문이다.

그렇게 된다면 스크린이나 드라마에 데뷔를 할 때, 엑스트라 같은 단역은 아닐 것이 분명하다.

이는 최고의 톱스타 최유진을 무시하는 것이라 최유진과 일을 하지 않겠다는 말과 같이 취급될 수 있기 때문이다.

그러니 데뷔를 하게 된다면 조연 내지는 조연은 아니지만 아주 비중이 있는 역할로 들어갈 가능성이 농후했다.

게다가 호기심에 출연을 시켰는데, 최유진의 말처럼 연기력이 어느 정도 받쳐준다면 그는 성공으로 가는 편도 열차를 올라탄 것이나 마찬가지다.

최유진이 깔아준 레일 위를 킹덤 엔터라는 튼튼한 고속 열차에 올라타고 톱스타란 목적지로 아무런 장애물 없이 가는 것이다.

물론 수현이 스타가 되면 킹덤 엔터나 이재명에게 무척이나 좋은 일이다.

하지만 최유진이 수현에게 신경을 쓰는 동안 그녀가 일을 하지 않으면 킹덤 엔터로써는 손해가 이만저만이 아니다.

수현이 나중에 스타가 되어 얼마를 벌어들이는지는 아직 계산이 되지 않지만 결코 현재의 최유진이 가진 것 이상으로 가져다주진 못할 것이라 생각에 이재명은 방금 전 최유진이 하는 부탁에 대해 고민을 하지 않을 수 없었다.

그렇다고 그 제안을 거부할 수도 없는 것이 현재 킹덤 엔터와 이재명 사장의 입장이다.

명성이 적을 때야 연예 기획사가 갑이지만 최유진 정도로 아니 그보다 못하다고 해도 국내 톱스타 반열에만 올라도 연예 기획사는 연예인의 밑인 을이 된다.

그러니 이재명도 방금 전 최유진이 한 부탁을 그저 단순히 부탁으로만 받아들일 수 없는 문제였다.

스타라이트

　　　　＊　　　＊　　　＊

삐!

― 김종한 선생님 오셨습니다.

"들어오시라고 해!"

상념에 잠겨 있던 이재명은 인터폰이 울리자 정신을 차리며 안으로 들어오는 김종한을 맞았다.

"아이들 가르치느라 바쁜데 불러서 미안하군!"

자신의 집무실로 들어오는 김종한을 맞는 이재명은 그에게 앉기를 권하며 말을 하였다.

"아닙니다."

킹덤 엔터에서 가수를 준비하는 연습생에게 안무를 가르치는 김종한은 갑자기 자신을 부른 이재명 사장에게 조심스럽게 대답을 하였다.

"다름이 아니라 좀 물어볼 것이 있어서 불렀네!"

이재명은 김종한을 보며 단도직입적으로 말을 하였다.

그런 이재명 사장의 물음에 김종한은 의아한 생각이 들었지만 굳은 표정으로 그가 질문을 하기를 기다렸다.

지금까지 자신이 킹덤 엔터에서 일을 하면서 한 번도 이렇게 정규 평가 전에 트레이너들을 불러 질문을 한 적이 없던 이재명 사장이 새삼스럽게 따로 부른 것에, 어떤 일인지는 모르겠지만 중요한 일이라는 것만은 알 수 있었다.

"정수현이라고 알고 있습니까?"

"정수현이요?"

김종한은 잠시 이재명 사장이 물어본 정수현이 누군지 머릿속으로 생각을 떠올려 보았다.

하지만 뭔가 생각날 듯하면서도 그가 누군지 얼른 떠오르지 않았다.

"우리 회사 유일의 모델 있지 않습니까? 김 선생도 일주일에 두 번 네 시간씩 가르치는 것으로 알고 있는데?"

"아! 수현이요. 알고 있습니다."

김종한은 이재명 사장의 질문에 당황했다가 그의 설명을 듣고서야 정수현이 누구인지 정확하게 생각을 떠올렸다.

그러면서 무엇 때문에 수현에 대한 질문을 하는지 궁금해 물었다.

그런 김종한의 질문에 이재명은 자신이 궁금해 하는 것을 질문하였다.

"그의 춤 실력은 얼마나 됩니까?"

"춤 실력이라……."

김종한은 질문을 받고 잠시 생각을 해보았다.

자신이 가르친 수현의 실력을 어떻게 말을 해야 하는지 머릿속으로 정리를 하려는 듯 수현과 자신의 수업에 대해 떠올려보았다.

그러다 어느 정도 정리가 되었는지 질문에 대한 답을 하

스타라이프

였다.

"이걸 어떻게 설명을 해야 할지 참……."

김종한은 수현의 춤 실력이라고 해서 뭐라 뚜렷한 대답을 할 수가 없었다.

분명 수현은 춤을 못 추는 것은 아니다.

그렇다고 춤을 잘 추는 것도 아닌 것이, 수현에게는 뭔가 하나가 빠져 있었다.

분명 안무를 가르쳐 주면 아주 빠른 시간에 안무를 기억하고 그대로 춘다.

처음 그런 수현의 능력에 엄청 놀랐는데, 그것도 잠시 수현이 자신이 가르쳐 준 안무를 할 때면 마치 소리가 나오지 않는 무성영화를 보는 듯 답답한 감이 있었다.

동작은 정확하지만 수현이 추는 춤은 리듬감이나 어떤 느낌이 느껴지기보다는 로봇이 정해진 프로그램을 그대로 동작하는 것만큼이나 무미건조했다.

그 때문에 선뜻 수현의 춤에 대한 평가를 내리기가 애매하여 대답을 하지 못했다.

"그게… 평가를 한다는 것이 맞는지는 모르겠지만 안무를 익히는 능력은 타의 추종을 불허합니다."

"그래요?"

김종한의 대답에 이재명 사장의 눈이 커지며 얼굴에는 기쁨의 환희가 떠올랐다.

하지만 곳이어 들려온 대답에 조금 전 떠올랐던 환희가 무색하게 급격히 굳어버렸다.

"하지만 그 춤에는 리듬감이나 어떤 감정도 들어가 있지 않습니다."

"이런……."

대답을 들은 이재명의 입에선 낙담의 한탄성이 절로 나왔다.

그도 그럴 것이 잔뜩 기대를 했는데, 바로 부정적인 답변이 들려오자 그럴 수밖에 없었다.

더욱이 그가 계획하고 있는 수현 스타 만들기 프로젝트에 춤과 노래는 필수였다.

예전이야 가수는 노래 배우는 연기 이렇게 분야가 딱 구분이 되었지만 현재에 와서는 그렇지 않았다.

경계가 모호해지고 노래 잘하는 배우, 춤 잘 추는 연기자 그와 반대로 연기하는 가수, 노래하는 개그맨 등 스타가 되기 위해선 다양한 재능이 필요하게 되었다.

그래서 이재명은 수현에게 연기는 물론이고 노래와 춤도 전문 트레이너를 동원해 가르치고 있었다.

그런데 그중 가장 어필할 수 있는 춤에서 계획이 어긋나고 있어 낙담을 하지 않을 수 없었다.

"어떻게 가능성이 보이지 않나?"

춤을 추는데 리듬감이 느껴지지 않는다면 그건 춤도 무엇도 아니었다.

"가능성이 아예 없는 것은 아니지만 쉽게 깨우치기는 힘들 것 같습니다."

김종한은 수현에 대한 평가를 쉽게 내리지 못하고 애매모호하게 대답을 할 수밖에 없었다.

자신이 아무리 어려운 안무를 짜 와도 수현은 그것을 한시간도 되지 않아 그대로 복사를 했다.

그래서 수현이 리듬감만 찾는다면 훌륭한 안무가나 춤꾼이 될 것이라 생각했기에 그리 대답을 한 것이다.

"음, 알겠습니다. 좀 더 노력해 주시기 바랍니다."

"알겠습니다."

이재명은 자신이 궁금해 하던 것이 해결이 되자 김종한을 돌려보냈다.

그러면서 조금 전 KTV의 박은지 작가에게서 전화를 받았을 때만해도 긍정적으로 평가를 했던 수현에 대해 조금 기대치를 낮췄다.

수현을 스타로 만들기 위해 준비하던 무기 하나가 아직 쓸모가 없다는 것을 듣게 되었기 때문에 어쩔 도리가 없었다.

Chapter 6

그루브 느낌을 잡다

둥둥둥! 두둥! 둥둥둥!

"하나! 둘! 셋! 넷!"

딱! 딱!

넓은 실내, 음악 소리가 공간을 울리고 있었다.

그리고 그 음악에 맞게 누군가 구령을 붙이며 막대기로 리듬을 타고, 그에 맞춰 오와 열을 맞춰 서 있던 사람들이 땀을 뻘뻘 흘리며 춤을 추고 있다.

"하아! 하아!"

춤을 추는 사람들은 연신 땀방울을 흘리고 숨을 가쁘게 쉬면서도 이들은 정면을 보면서 춤을 추는데 주저하지 않고 있다.

탁탁탁!

하지만 열심히 춤을 추는 그들을 보는 트레이너는 그들이 추는 춤이 마음에 들지 않는 것인지 들고 있던 지휘봉을 두드리며 이들의 춤을 중지시켰다.

"그만!"

뭐가 그리 마음에 들지 않는 것인지 하던 동작을 멈추고 숨을 헐떡이고 있는 이들을 보며 그는 거칠게 소리쳤다.

"지금 뭐하자는 거야! 몇 시간 안무를 했다고 지친 거야! 그렇게 흐느적거리려면 나와! 다른 사람 방해하지 말고!"

킹덤 엔터의 안무 트레이너인 김종한은 자신이 맡은 연습생들의 춤을 추는 모습을 지켜보다 그렇게 고함을 질렀다.

춤이란 몸으로 표현하는 대화였다.

하지만 그가 보고 있던 것은 그 어떤 대화도 아닌 그저 흐느적거리는 연체동물의 의미 없는 움직임뿐이었다.

"잘 봐! 여기서 이렇게 그리고 연결 동작으로 이렇게 한 다음 여기서 포인트……."

김종한은 조금 전 연습생들이 하던 동작을 그대로 표현을 하면서 어떤 부분이 잘못 되었는지 시범을 보였다.

"자! 다시 준비!"

김종한의 구령이 떨어지자 고개를 숙이고 숨을 가다듬고 있던 연습생들은 얼른 자세를 잡았다.

그리고 연습생들 뒤에 수현도 그들과 함께 자세를 잡고 신호를 기다렸다.

"Go!"

쿵쿵, 탕! 쿵쿵, 탕!

척! 척!

음악이 다시 한 번 스피커에서 흘러나오자 준비를 하고 있던 연습생들은 박자에 맞춰 스텝을 밟고 그루브를 타기 시작했다.

연습생들이 음악에 맞춰 춤을 추는 것을 하나하나 지켜보던 김종한은 어느 순간 눈살을 찌푸렸다.

그의 시선에 다른 사람과 비슷한 동작을 하는 수현의 모습이 눈에 들어왔다.

하지만 비슷하지만 전달되는 느낌은 전혀 딴판이었다.

다른 연습생에 비해 정확한 동작을 하고 있지만 보는 것만으로 뭔가 위화감을 조성하는 동작이었다.

연습생들은 어설프게나마 자신이 표현하고자 하는 것을 춤에 담아 표현을 하고 있는 것에 반해 수현은 정확한 동작을 하고 있지만 왠지 다른 연습생과 동떨어져 따로 노는, 마치 물 위에 둥둥 떠서 합쳐지지 않는 기름과 같은 느낌을 주었다.

그 때문에 전체적으로 그림이 완성되지 못하고 더욱 도드라져 보였다.

탁! 탁!

결국 김종한은 그것을 참지 못하고 지휘봉으로 벽을 치며 연습생들이 추는 춤을 중단시켰다.

"그만! 그만!"

연습을 중단시킨 김종한은 한숨을 쉬며 조용히 연습생들과 수현을 돌아보았다.

"오늘은 여기까지. 더 이상 해봐야 여기가 너희 한계인 것 같다. 다음 시간에는 브레이킹, 그러니까 비보잉에 대한 연습을 할 것이니 모두 예습해 와!"

탁!

김종한은 자신의 할 말만 하고는 그렇게 연습실을 나갔다.

"아아!"

쿵!

털썩!

안무 트레이너인 김종한이 연습실을 나가기 무섭게 방금 전까지 춤을 추던 연습생들이 제자리에 주저앉았다.

두 시간 가까이 김종한의 지도 아래 안무 연습만 했던 관계로 이들은 무척이나 지쳐 있었다.

그리고 그중에는 수현도 포함이 되었다.

아무리 다른 사람보다 체력 스탯이 월등하다해도 익숙하지 않은 춤은 그를 지치게 만들기 충분했다.

사실 수현이 지치는 것은 체력도 체력이지만 정신적으로 너무도 지쳤기에 높은 체력 스탯에도 불구하고 급격하게 피로해진 것이었다.

"하아! 하아!"

자리에 주저앉아 있던 연습생들은 어느 정도 시간이 흐르자 숨이 어느 정도 안정이 되기 시작했다.

그러자 곧 삼삼오오 끼리끼리 모여 떠들기 시작했다.

하지만 수현은 어느 축에도 끼지 못하고 연습실 구석에 앉았다.

"아씨! 나 비보잉은 정말 자신 없는데……."

한 아이가 입을 열기 시작하자 여기저기서 말소리가 들리기 시작했다.

"하하 난 보컬은 별로지만 춤은 자신 있지!"

언제 지쳤느냐는 듯 말을 받은 아이는 자리에서 일어나 춤을 추기 시작했다.

그런데 그 아이가 추는 춤은 지금까지 추던 춤과는 뭔가 달랐다.

춤인 듯하면서도 또 어떻게 보면 춤도 아닌 것이 무술처럼 보이기도 하고 또 어떻게 보면 덤블링을 하는 것이 아크로바틱 묘기를 보는 것도 같았다.

그런 모습은 연습실 한쪽에서 쉬고 있던 수현의 시선을 끌기 충분했다.

사실 수현이 이렇게 다른 연습생과 섞이지 못하고 따로 떨어져 있는 것은 서로 눈치를 보는 것 때문이었다.

연습실에 있는 연습생들의 나이는 다양했지만 수현보다 어린 연습생은 없었다.

이들 중 가장 나이가 많은 연습생도 수현보다 두 살이나 어린 22살이었다.

그리고 가장 어린 연습생은 18살로 아직 고등학생이다 보니 10대들은 10대들끼리 모여 있고, 20살을 넘은 사람들은 또 그들대로 무리를 형성했다.

그런데 24살인 수현이 아직 이들에게 합류하지 못한 것은 또 이유가 있었다.

그 이유는 바로 사실 이 연습실에 있는 이들은 수현을 빼고 아이돌 그룹 예비 멤버들이었다.

아이돌이 되기 위해 연습생을 한 기간만도 짧게는 2년에서 길게는 4년 이상을 연습생 생활을 하다 예비 멤버로 발탁이 되어 이곳 연습실로 옮겨와 특별 관리를 받고 있는 중이다.

그런데 불과 얼마 전까지만 해도 아이돌 연습생과는 아무런 연관도 없던 수현이 느닷없이 나타나 그들 그룹에 합류를 했기 때문에 현재 이들과 수현은 물과 기름과 같이 섞이지 못하고 있었다.

즉, 오랜 연습생 생활을 하다 드디어 기회를 잡은 이들

입장에선 수현이 굴러온 돌이나 마찬가지의 존재였다.

더욱이 예비 멤버로 발탁이 된 것이지 아직 데뷔가 확정이 된 것도 아니기에 이 중에서 몇 명은 데뷔를 하지 못할 수도 있었다.

그런데 중간에 나이가 많은 수현이 합류를 했으니 당연히 경계를 하는 것이다.

그리고 더욱 수현을 경계하는 이유는 이들이 보기에 수현은 자신들 보다 보컬 실력이 뛰어난 것도, 그렇다고 춤 실력이 뛰어난 것도 아니라는 것이었다.

자신들 보다 조금 낮다고 생각되는 점은 조금 잘생긴 외모와 우월한 기럭지 뿐이었다.

물론 예비 아이돌 멤버로 뽑혀온 이들 중 외모가 못나거나 신체적으로 하자가 있는 사람은 아무도 없었다.

즉, 이들도 외모 면에서 수현에 비해 그리 꿀리지 않았고, 키 또한 대부분 175㎝이상들로 헌칠한 키를 가지고 있었다.

그럼에도 수현은 이들보다 전체적으로 비율이 좋았고 한국인 체형 같지 않게 다리가 외국인들처럼 길어 보기에 더욱 좋았다.

그러하였기에 그 짧은 기간에 모델로 성공을 한 것이기도 했지만 말이다.

일단 외적인 조건으로는 이 자리에 있는 어느 누구보다

요건이 좋았기에 경계를 하는 것이다.

가수로서의 실력은 자신들보다 못하지만 외적인 것이 자신들 보다 낫다고 평가를 했기에 수현을 경계하고 또 낙하산이라며 뒤로 수현을 비난하였다.

그러다보니 남들보다 신체 능력이 뛰어난 수현의 귀에 이들의 말이 들리지 않을 수 없었고, 자신을 그렇게 평가를 하는 이들에게 굳이 자신이 먼저 다가갈 생각을 하지 않았다.

최유진을 보면서 많이 희석되기는 했지만 연예계에 대한 혐오는 아직 완벽하게 가신 것은 아니다.

안선혜로 인해 가지게 된 선입견은 최유진에 의해 줄어들기는 했지만 그것은 연기자, 배우 부문에 대한 긍정적인 생각이지 가수, 그중에서도 아이돌 가수에 대한 선입견은 아직 남아 있었다.

그런데 함께 교습을 받는 이곳 연습실의 예비 아이돌 멤버들의 행태를 보면서 그런 선입견은 더욱 굳어지고 있다.

하지만 수현은 자신을 믿고 투자를 한 회사와 자신을 소개시켜 준 것이나 마찬가지인 최유진을 생각해 회사에서 가르쳐 주는 것은 무엇이든 배우기로 하였다.

술 때문이기는 하지만 그녀와 동침을 하게 되었고, 또 그일 때문이라고는 하지 않았지만 어찌 되었든 최유진이 그이후 이혼을 하는 것을 보았기에 수현은 자신의 잘못이 크다고 생각해 되도록 그녀에게 피해가 가지 않도록 하고 싶었다.

하지만 그런 결심과는 관계없이 연기는 어떻게 해보겠지만 춤과 노래만은 아무리 노력을 해도 성과가 미비하였다.

아주 실력이 늘지 않는 것은 아니지만 들이는 노력에 비해 성장 속도가 느리다보니 점점 흥미를 잃어가고 있었다.

만약 최유진과 연결된 일만 아니라면 진즉에 이런 것을 때려 치웠을 것이라 생각하는 수현이었다.

'제길! 뭘 어쩌란 것인지 설명이라도 확실하게 해준다면 어떻게 해볼 텐데 이건 뭔 장님 문고리 잡는 격이니!'

수현은 요즘 이 시간만 되면 가슴이 무척이나 답답했다.

자신은 분명 안무가인 김종한이 가르쳐주는 대로 그대로 하였다.

하지만 그게 아니라고 하니 정말 미칠 것 같았다.

분명 자신은 틀린 부분이 전혀 없는 것 같은데 그게 아니라고 하고 몇 번이나 '다시'를 외치는 김종한으로 인해 그가 정확하게 어떤 것을 말하는 것인지 더욱 모호해졌다.

춤이란 그루브가 중요하다고 하는데 그게 무엇인지 모르겠어서 여러 문서를 찾아보고 또 동영상을 찾아보았다.

그러면서 김종한이 말하는 그루브가 바로 리듬감이란 것을 깨달았지만 또 그것은 그것대로 수현을 괴롭혔다.

잡힐 듯 잡힐 듯하면서도 잡히지 않는 물안개처럼 수현을 더욱 깊은 미몽으로 이끌었다.

그 때문에 이제는 포기 상태에 다다라 있었는데, 방금 전 연습생 하나가 펼쳐 보인 비보잉을 보면서 수현은 머릿속에 번개가 번쩍 스치고 지나가는 충격을 받았다.

'저거다.'

어려서부터 태권도를 수련을 하면서 수현은 태권도 말고도 많은 무술에 관심이 많았다.

태권도와 비슷한 공수도나 합기도, 쿵푸는 물론이고 검도와 유도 등도 배웠다.

물론 태권도처럼 아주 오랜 기간 배운 것은 아니었지만 수박 겉핥기 정도는 배워 어느 정도 알고 있다.

그리고 수현이 시스템의 영향으로 태권도를 마스터 하면서 수박 겉핥기로 배웠던 다른 무술들도 중급 정도로 보정을 받았다.

그런데 지금 눈앞에 동영상으로만 보았던 브라질 전통 무술과 비슷한 동작을 보게 되자 눈이 번쩍 뜨였다.

수현이 보기에 분명 그 브라질 무술과 비슷했는데, 방금 전 말을 한 연습생은 춤이라 했다.

자신이 알고 있는 것과 방금 전 들은 것과 조금 괴리감이 있기는 했지만 일단 뭔가 가능성을 본 수현은 지금까지 연습생들과 물과 기름과 같았던 관계는 잊고 방금 전 시범을 보인 연습생에게 다가갔다.

"잠깐만!"

"네? 무슨 일이세요?"

자신의 비보잉 실력을 뽐내던 아이는 수현의 부름에 고개를 돌리며 물었다.

그런 아이의 모습에 수현은 자신의 궁금증에 대해 물어보았다.

"방금 전 그게 춤 맞냐?"

"네? 네! 춤 맞는데요. 형은 브레이킹 모르세요?"

오윤호는 친구들에게 자신의 춤 실력을 뽐내고 있다 자신을 부르는 소리에 고개를 돌리다 수현의 질문에 답을 하고 다시 되물었다.

아이돌 그룹 예비 멤버로 있으면서 그런 기초적인 질문을 하는 이유를 알 수 없었기 때문이었다.

"아, 내가 춤은 전혀 모르거든… 그런데 방금 전에 네가 하던 동작들은 내가 알고 있는 무술과 닮아서 물어본 거야!"

수현은 자신이 무엇 때문에 질문을 했는지 자세히 들려주었다.

"아! 형 생각도 맞아요. 사실 브레이크 동작들이 브라질 무술, 그… 이름이 뭐더라……."

윤호는 수현의 말에 대답을 하다 말고 뭔가를 생각하듯 집중을 해보지만 막상 그 이름이 생각이 나지 않자 인상을 찡그렸다.

"카포에라!"

윤호가 하는 양을 지켜보던 수현은 자신이 알고 있는 이름을 말했다.

"아! 맞아요. 카포에라! 브레이크는 카포에라에서 여러 부분을 따왔는데, 사실 옛날 노예제도가 있을 때 아프리카 원주민들이 농장주들에 대항하기 위해 수련하던 무술이었는데, 농장주들이 노예들의 무술 수련을 막자 그것을 춤이라고 속여서 수련을 했데요."

자신의 특기에 관심을 보이는 수현의 모습에 윤호는 얼굴이 붉어질 정도로 열을 내며 흥분해 설명을 하였다.

조금 전까지만 해도 물과 기름과 같던 사이였지만 관심사가 같아지자 언제 그랬냐는 듯 의기투합하여 이야기를 하기 시작했다.

"그거 나 좀 가르쳐 주면 안 되겠나?"

수현은 윤호가 조금 전에 했던 그것을 배운다면 자신도 춤이 어떤 것이란 것을 어느 정도 깨달을 수 있을 것 같았다.

그러하였기에 어린 윤호에게 부탁을 하는 것이다.

"음, 제가 자격증이 있는 것도 아닌데 그게……."

조금 전까지 자신의 실력에 대해 자랑을 하던 윤호였지만 막상 수현이 그것을 가르쳐 달라고 하자 살짝 두려워졌다.

괜히 나섰다가 일이 잘못되면 덤터기를 쓸 수도 있었기 때문이다.

더욱이 자신은 아이돌이 되기 위해 여기 온 것이지 경쟁자에게 도움을 주기 위해 있는 것이 아니었다.

그래서 살짝 몸을 뺐다. 하지만 수현은 그런 윤호를 그냥 넘기지 않았다.

"보니까 너 신발 살 때 된 것 같은데, 네가 그거 가르쳐 주면 내가 신발 사줄게!"

언제 보았는지 수현은 윤호가 신고 있는 신발을 보았다.

스포츠 브랜드인 나이스 사의 신발이었는데, 얼마나 험하게 신었는지 상당히 해져 있었다.

빠른 시일 내에 신발을 교체해야지 그렇지 않다가는 자칫 부상을 당할 수도 있어 보였다.

수현이 윤호의 신발 상태를 보며 딜을 하자 수현의 부탁을 거절하려던 윤호가 멈칫하였다.

그도 그럴 것이 전문 춤꾼에 못지않게 춤을 잘 추는 윤호는 새 신발을 사도 한 달 정도면 다 달아 헌 신발이 되었다.

그 때문에 조금 전 수현의 제안을 쉽게 물리치지 못했다.

지금 신고 있는 신발도 용돈을 모아 산 지 한 달 정도밖에 되지 않았다.

전에는 한 번 사면 세 달 정도는 신었는데, 예비 멤버로 뽑히면서 연습 강도가 높아지면서 신발을 갈아주는 주기도 짧아졌다.

그 때문에 요즘 신발 때문에 한창 고민을 하던 시기였다.

신발도 아무 신발이나 신으면 되는 것이 아니다.

격렬한 춤을 출 때 발목에 무리가 가게 된다.

이때 발목을 보호해 줄 수 있는 그런 신발이어야만 하는데, 이런 신발은 가격이 적잖게 들어간다.

그렇다고 비슷한 싸구려 신발을 사는 것은 사지 않느니만 못하기에 윤호는 요즘 단기 알바라도 구해야 하는 것은 아닌가 고민을 하였는데, 같은 연습실에 있는 수현이 자신에게 브레이킹을 가르쳐주면 신발을 사주겠다고 제안을 하자 귀가 솔깃했다.

"으음, 그럼 두 개요."

윤호는 고민을 하다 자신의 조건을 말했다.

신발 한 켤레로는 안 되고 두 켤레를 요구하였다.

그러면서도 혹시나 수현이 거절을 하면 어쩌나 불안한 표정으로 수현을 보았다.

그런 윤호의 제안에 수현은 두말할 것도 없이 요구를 수락했다.

"좋아! 오늘 끝나고 신발 사러 같이 가자!"

윤호는 설마 수현이 이렇게 쉽게 자신의 요구를 들어줄 줄은 예상하지 못했다.

"제가 얼마짜리 신발을 살지 걱정되지 않으세요?"

댄스에 적합한 신발은 몇 만 원짜리 저렴한 것에서부터 몇 십만 원에 이르는 비싼 것도 있었다.

그런데 가격도 물어보지 않고 바로 수락을 하는 수현에게 윤호는 눈을 깜빡이며 물었다.

"뭐 그래봐야 100만 원이면 사겠지."

수현은 윤호의 물음에 별거 아니란 듯 대답을 하였다.

그런데 수현의 대답을 들은 윤호는 물론이고 주변에 있던 연습생들도 깜짝 놀랐다.

"저 형네 집 부자에요?"

"부자?"

"네!"

"아니, 우리 집 전세 사는데!"

수현은 자신의 집이 부자가 아니라고 대답을 했다.

그러자 윤호의 표정이 더욱 이상해지며 물었다.

"그런데 100만 원을 그렇게 함부로 써도 되요?"

"아!"

수현은 윤호의 물음에 그제야 무엇 때문에 자신의 집이 부자인지 물어본 이유를 깨닫게 되었다.

"우리 집이 부자는 아니지만 내가 모델을 하고 있어서 그 정도는 충분히 감당할 수 있다."

윤호나 다른 연습생도 수현이 자신들이 소속된 킹덤 엔터에서 유일한 모델로 활동을 하고 있는 것은 알고 있다.

하지만 수익이 얼마인지는 알지 못하지만 듣는 풍월에 의하면 모델이 한 달에 벌어 들이 돈이 그리 많지 않다고 알고 있었다.

비록 모델에 관해선 별 관심이 없지만 그 정도는 알고 있다.

톱스타가 아니면 모델은 별로 돈을 벌지 못한다.

그렇기에 자신들은 모델에는 관심도 없고 돈을 많이 벌 수 있는 아이돌을 하려는 것이지 않은가. 그런데 조금 전 수현의 대답을 들어보면 그렇지도 않은 것 같아 의아하였다.

그렇지만 수현은 자신을 의아한 표정을 보고 있는 아이들에게 자신의 수익에 대한 것을 굳이 이야기하고 싶은 생각은 없었다.

"난 보컬 수업이 있어서 이만 가볼게! 그리고 윤호라고 했지! 끝나고 남아라! 같이 신발 사러 가야 하니."

수현은 자신의 말만 하고는 윤호의 대답도 듣지 않고 그대로 연습실을 나갔다.

그런 수현의 뒷모습을 쳐다보는 연습생들은 어느새 수현이 다르게 보이고 있었다.

*   *   *

〔캐릭터 정보〕

이름: 정수현
직업: 모델, 연예인
레벨: 49
경험치: 97%
특기: 태권도(M), 외국어(영어, 불어, 중국어, 일본어, 태국어, 말레이시아어)

힘: 30
지능: 38
정신: 40
민첩: 28
체력: 37

카리스마:20
매력: 25

보너스 스탯: 20
보너스 포인트: 20

댄스 교습이 끝나고 연습실을 나와 보컬 연습실로 간 수현은 아직 보컬 트레이너가 도착하지 않아 막간을 이용해 오랜만에 상태창을 열어보았다.

오랜만에 열어본 상태창은 전에 보았을 때보다 상당히 많은 변화가 있었다.

특히 잘 오르지 않아서 레벨 업을 했을 때 보너스로 받은 스탯으로만 올렸던 지능과 정신 두 스탯이 이제는 다른 어떤 스탯보다 높았다.

'안 본 사이 많이 올랐네!'

스탯을 살피던 수현은 상태창을 살피다 잠시 고민을 하였다.

중간중간 필요한 때에 사용하기는 했지만 대부분 남겨두었기에 보너스로 받은 스탯이 20이나 남아 있어 이왕 보는 것 오랜만에 스탯을 찍어 두기로 한 것이다.

그러면서 어떤 것을 올려야 앞으로 자신이 할 일에 도움이 될지 생각을 해보았다.

'이왕 올리는 것 일단 체력을 좀 올려두자! 앞으로 일도 많아질 것 같으니!'

우선 수현이 올린 스탯은 체력이었다.

남들보다 월등한 신체 능력을 가지고 있지만 이미 촬영을 들어간 도전! 드림팀이나 아직 이야기만 오가고 있는 예능 몇 가지를 생각하면 체력을 올려두는 것이 좋을 듯싶었다.

아무리 자신이 다른 일반인들보다 체력이 좋아도 신인인

수현으로서는 다른 연예인들처럼 몸을 사려가면서 촬영을 할 수 없을 것이기에 그런 결정을 내린 것이다.

20개의 스탯 중 8개를 사용하여 체력 스탯을 37에서 45까지 올렸다.

그리고 잠시 고민을 하던 수현은 조금 전 연습실에서 댄스 교습을 받던 것이 생각났다.

다른 연습생들보다 조금씩 동작들이 늦었다.

그도 그럴 것이 그루브, 즉 리듬감이 부족한 수현은 머리로는 그 동작들을 모두 알고 있지만 어떻게 표현을 해야 다른 사람들과 조화를 이룰지 알 수가 없어 안무를 하면서도 계속해서 주변을 살폈다.

그러다 보니 동작들이 다른 사람들 보다 살짝살짝 늦어졌다.

함께 춤을 추고 있는 연습생들이야 이런 수현을 인지하지 못했지만 연습생들의 춤을 지켜보며 지도를 하는 김종한 트레이너의 눈을 피하진 못했다.

그리고 이것 때문에 지적도 받았기에 수현은 어떡하든 이를 극복해야만 하는 입장이었는데 조금 전 윤호가 다른 연습생들에게 자랑을 하면서 보여주었던 춤에서 뭔가 힌트를 얻었다.

다만 아직 그것을 자신의 것으로 만들지 못했기에 윤호에게 신발을 사준다는 조건으로 그가 보여주었던 춤을 배우기로 하였다.

그것을 배운다면 머릿속에서만 감돌고 있는 느낌을 자신의 것으로 만들 수 있을 것 같았기 때문이다.

일단 가닥만 잡으면 포인트로 그것을 극대화 할 수 있기에 수현은 보컬 연습이 끝난 뒤가 기다려졌다.

"그럼 낮은 민첩도 좀 올려두자!"

다른 기본 스탯들은 모두 30 이상인데, 민첩만 28이었기에 수현은 일단 민첩 스탯을 좀 더 올리기로 하였다.

스탯 7을 사용해 28에서 35로 만들었다.

띠링!

보너스 스탯을 이용해 오랜만에 스탯을 정리하고 있던 수현의 머릿속에 시스템의 알람 소리가 울렸다.

'뭐지?'

의아한 생각이 든 수현은 정신을 집중해 무엇 때문에 알람이 울린 것인지 살폈다.

— 기본 스탯이 모두 30을 넘었습니다. 초인으로 입문할 조건이 갖춰졌기에 신체를 업그레이드합니다.

우웅!

너무도 갑작스러운 안내 음에 수현은 긴장을 하였다.

'윽!'

시스템의 안내 음이 끝나고 갑자기 온 몸에 마치 수현이 처음 벼락을 맞았을 때와 같은 전기 충격이 전해졌다.

너무도 고통스러워 입에서는 어떤 말도 나오지 못할 정도로 커다란 고통이었다.

쿵!

순간적으로 몸이 마비가 되면서 수현은 그 자리에서 쓰러졌다.

'우우우우!'

세포 하나하나를 찢어발기는 듯한 고통에 수현은 입을 벌리고 비명을 지르고 싶었지만 입 또한 마비가 되어 소리가 나오지 않았다.

— 신체 업그레이드가 완료되었습니다.

〔캐릭터 정보〕

이름: 정수현
직업: 모델, 연예인
레벨: 50
경험치: 0%

특기: 태권도(M), 외국어(영어, 불어, 중국어, 일본어, 태국어, 말레이시아어)

힘: 40

지능: 48

정신: 50

민첩: 45

체력: 55

카리스마: 30

매력: 35

보너스 스탯: 6

보너스 포인트: 21

시스템의 안내 음이 전달되고 수현은 마비되었던 신체가 정상으로 돌아왔다는 것을 느꼈다.

그런데 그럼에도 수현은 보컬 연습실 바닥에서 일어날 생각을 못했다.

그도 그럴 것이 지금 신체 업그레이드가 끝나고 변화한 자신의 상태창 정보를 보고 너무도 놀랐기 때문이다.

기본 스탯은 물론이고 스탯 두 개를 사용해야 스탯 하나를 올릴 수 있는 특수 스탯까지 모든 스탯이 10씩 올랐기 때문이다.

더욱이 그 과정에서 레벨 업까지 하여 레벨이 50이 되었다.

'이왕 이렇게 된 것 보너스 스탯을 모두 사용하자!'

수현은 결심을 하고 우선 보너스 스탯 2를 사용하여 지능에 투자를 하였다.

그로인해 지능과 정신은 똑같이 50을 찍을 수 있었다.

그리고 남은 스탯 4를 매력에 투자하기로 하고는 스탯 4를 사용해 특수 스탯 2를 만들어 매력을 37까지 찍었다.

수현도 어렴풋이 느끼고 있었는데, 자신이 연예인으로 일을 하려고 작정을 한 상태에서 매력 스탯이 많은 도움이 될 것이란 것을 알 수 있었다.

매력이 있다는 것은 다른 사람에게 관심을 받을 수 있는 확률이 높아진다는 것을 여러 경험에서 알 수 있었기에 수현은 다른 스탯보다 매력에 투자를 하기로 결심을 하였다.

그리고 또 다른 특수 스탯인 카리스마도 직접적이지는 않지만 어느 정도 도움이 될 것이란 것도 알게 되었다.

이는 모델 일을 하면서 느낀 것인데, 사실 군대에 있을 당시 태권도 대회에서 수상을 하면서 처음 카리스마 스탯이 생성 되었을 때만 해도 이 특수 스탯이 어떤 작용을 할지 알지 못했다.

그러다 최유진의 경호원을 하면서 절실하게 느꼈다.

다른 사람과의 관계에서 카리스마 수치가 적잖이 작용을 한다는 것을 말이다.

그리고 포토그래퍼인 김영만에게 발탁이 되어 모델이 되어 처음 서보는 카메라 앞에서 주눅 들지 않고 작가가 원하는 포즈를 취하여 주변 사람들을 놀라게 만들기도 했다.

이런 것들이 모두 특수 스탯이 작용을 한 것이란 판단을 한 수현은 기본 스탯이야 이제는 너무 올리게 되면 사람들에게 괴물로 비춰질 수 있기에 있는 능력도 줄여야할 판이기에 더 이상 올리지 않았다.

그리고 레벨 업을 하면서 얻게 될 스탯을 모아 특수 스탯을 올릴 계획을 가지고 있었다.

물론 신체적으로 드러나지 않는 지능이나 정신 스탯은 더 올려도 상관이 없지만 힘이나 민첩 같이 겉으로 남과 비교가 될 수 있는 스탯은 더 이상 올리지 않기로 하였다.

그래서 특수 스탯 중 카리스마와 매력 중 고민을 하다 우선 앞날을 생각해 카리스마가 아닌 매력에 투자를 한 것이다.

자신이 예전 꿈이었던 태권도 도장을 운영한다거나 아니면 사업을 한다고 하면 카리스마 스탯이 도움이 되겠지만, 현재 수현은 연예인이 되기 위해 연예 기획사에 소속이 되어 연습을 하고 또 방송 활동을 하고 있지 않은가? 그렇게 생각하면 신인으로써 카리스마 스탯 보다는 매력 스탯이 더 도움이 될 것이라 판단을 하고 매력을 올렸다.

그런 자신의 선택을 수현은 결코 후회하지 않았다.

이미 레벨 업으로 받은 보너스 스탯은 모두 사용을 했기에 다시 레벨 업을 하기 전까지는 더 이상 올릴 스탯도 없으니 말이다.

부스럭!

모든 것이 어느 정도 정리가 되자 수현은 자리에서 일어났다.

그런데 바닥에서 일어나던 수현은 무언가 찜찜한 기분이 들었다.

자신의 몸에서 부스러기 같은 것이 떨어지며 마치 모래사장에서 뒹굴어 몸에 모래나 흙이 묻은 것 같은 찜찜한 기분이 들었던 것이다.

'아직 시간이 남았으니 샤워나 한 번 더 해야겠다.'

수현을 담당하는 보컬 트레이너는 냄새에 무척이나 민감한 사람이었기에 댄스 트레이닝을 받고 오는 날에는 무척이나 신경질적인 모습을 보였다.

그러하였기에 수현은 오늘처럼 댄스 트레이닝이 먼저 있는 날에는 트레이닝이 끝나고 꼭 샤워를 하고 보컬 연습을 하러 왔다.

오늘도 어김없이 샤워를 끝내고 왔지만, 방금 전 신체 업그레이드로 인한 몸의 변화로 살짝 쉰내 비슷한 냄새가 몸에서 풍겼다.

그러니 얼른 샤워를 다시 하고 오지 않으면, 보컬 트레이너에게 엄청 짜증나는 말을 들어야 할 것이 분명했기 때문이다.

수현은 얼른 시간을 살펴보았다.

그리고 아직 보컬 교습을 하려면 15분 정도 남아 있는 것을 확인하고는 바로 샤워장으로 달려갔다.

수현은 혹시 몰라 빠르게 샤워를 하고 입고 있던 옷도 새 것으로 갈아입었다.

샤워를 하기 전에 입고 있던 옷도 댄스 트레이닝을 마치고 샤워를 하고 갈아입은 것이었지만, 신체 업그레이드를 하고 몸이 변하면서 갈아입은 옷에 냄새가 배겼을 지도 모르기에 수현은 샤워를 하고 그 옷까지 갈아입은 것이다.

그 때문에 수현은 보컬 연습이 끝난 뒤 윤호와 신발을 사러 갔다가 다시 연습실로 돌아와 춤을 배울 때 입으려고 했던 트레이닝복을 걸치고 보컬 연습실로 향했다.

분명 트레이너에게 한 소리 듣겠지만 냄새를 풍겨 수업 내내 짜증스러운 잔소리를 듣는 것보다는 나았다.

하지만 수현은 보컬 트레이너에게 잔소리를 듣지 않아도 되었다.

그게 무슨 말인가 하면, 오늘 수업을 하기로 한 보컬 트레이너가 개인적인 사정으로 오늘 수업을 하지 못한다고 전해왔기 때문이다.

더욱이 매번 수업을 할 때면 자신의 설명을 잘 이해하지 못하는 수현을 짜증을 내고 혼내기만 하던 트레이너가 아주 부드러운 말로 미안하다고 사과까지 하면서 전화를 하였기에 수현의 기분은 그렇지 않아도 신체 업그레이드와 춤에 관해 어떤 감을 느낀 상태로 기분도 좋았는데, 보컬 트레이너에게서 미안하다는 말까지 듣게 되자 정말이지 오늘 하루 일진이 무척이나 좋다는 생각마저 들었다.

'보컬 수업이 다음으로 미뤄졌으니 굳이 여기 있을 필요가 없지. 윤호나 데리고 신발이나 사러가야겠다.'

이미 약속한 것이 있으니 한시라도 빨리 윤호에게 신발을 사주고 그에게 춤을 배울 생각으로 윤호를 찾아갔다.

＊　　　　＊　　　　＊

쿵! 쿵! 쿵쿵쿵!

강렬한 비트의 음악이 흐르고 그 음악에 맞춰 열을 맞춰 연습생들이 춤을 추고 있었다.

아이돌이 되기 위해 매일 구슬땀을 흘리는 연습생, 그중에서도 이 곳 연습실에 모여서 연습을 하고 있는 연습생들은 데뷔가 얼마 남지 않은 예비 멤버들이다.

이 중에서 몇 명을 추려 아이돌 그룹을 만들어 데뷔를 시키는 것이기에 연습생들은 꼭 새로 만들어질 아이돌 그룹에 뽑히기 위해 나태한 모습을 보이지 않았다.

이는 안 보이는 곳에서 이들을 지켜보며 생활 태도를 관찰해 점수를 매기고 있음을 이들도 잘 알기 때문이다.

보이는 곳에서 열심히 하는 것은 당연한 것이고, 트레이너들이 없는 곳에서도 이들은 구슬땀을 흘리며 노력을 하였다.

한순간의 방심으로 또다시 기약 없는 연습생 시절로 돌아갈 수도 있기 때문이다.

실제로 이 자리에 있는 이들 중 몇몇은 몇 번 아이돌로 데뷔를 할 기회가 있기도 했다.

하지만 마지막 선발에서 선택받지 못해 탈락을 했었다.

솔직히 이렇게 아이돌 그룹 데뷔 준비를 하다 탈락을 한 뒤 또 다시 기회를 잡는다는 것은 생각처럼 쉬운 일이 아니다.

그렇기에 이들은 참으로 운이 좋다고 할 수 있었다.

한창 이들이 음악에 맞춰 안무 연습을 하고 있을 때, 연습실 문이 열리고 수현이 들어왔다.

쿵! 쿵!

문을 열자 연습실에 틀어 놓은 음악 소리가 크게 복도를 울렸다.

하지만 수현은 그런 것을 신경 쓰지 않고 안으로 들어와 그것을 잠시 지켜보았다.

그리고 얼마 지나지 않아 음악이 끝나고 춤을 추던 연습생들도 동작을 멈추고 숨을 고르기 시작했다.

연습생들의 연습이 한차례 끝나자 수현은 기다리지 않고 한쪽에서 숨을 고르고 있는 오윤호에게 다가갔다.

"윤호야!"

수현은 윤호에게 다가가 그를 불렀다.

"하아! 하아!"

방금 전 연습을 끝내고 숨을 고르던 윤호는 자신을 부르는 소리에 숙이고 있던 고개를 들고 자신을 부르는 사람이 있는 곳을 돌아보았다.

"어? 형, 지금 보컬 수업 받을 시간 아니에요?"

수현이 이곳에 있어선 안 될 시간에 자신의 앞에 나타나자 놀라 물었다.

"어, 그렇긴 한데, 오늘 이혜연 선생님께서 일이 있으셔서 수업 다음 시간으로 미뤄졌다."

"아, 그래요?"

"응, 그래서 아까 약속했던 신발 사러 가자고 왔다. 너도 어서 준비해라!"

수현은 자신이 그를 찾아온 용건을 간단하게 말을 하였다.

"알겠어요. 준비하고 나올게요."

수현의 말이 떨어지기 무섭게 오윤호는 빠르게 연습실 구석에 놓은 자신의 가방을 챙겨 샤워장으로 달려갔다.

어차피 지금 시간은 자유 연습 시간이었기에 중간에 연습을 하지 않고 나가도 상관은 없었다.

물론 매번 자유 연습 시간에 이렇게 빠진다면 문제가 되겠지만 어쩌다 한 번 정도는 아이돌 그룹 멤버 선발에 그리 큰 영향을 미치지 않는다.

더욱이 윤호는 그 동안 보여준 실력이나 생활 태도 면에서 우수한 점수를 받고 있었기에 별 영향이 없는 것이다.

덜컹!

"형! 준비 됐어요."

오윤호가 연습실을 나간 지 불과 10분도 되지 않은 시간에 샤워를 마치고 옷을 갈아입고 나왔다.

그런 오윤호에게서 신체 업그레이드로 더욱 예민해진 수현의 감각에 아직 춤 연습으로 인해 흘렸던 땀 냄새와 샤워를 하면서 씻기 위해 썼던 비누 냄새가 섞인 요상 야릇한 냄새가 수현의 코끝을 간질였다.

물론 이런 것은 수현처럼 예민한 감각을 가진 사람만 맡을 수 있는 것이지 보통 사람은 그 냄새를 맡지 못할 정도로 아주 미세한 것이었다.

"윤호하고 나는 저녁 먹고 들어올 거다."

자유 연습 시간이 끝나면 바로 저녁 시간이었다.

그랬기에 수현은 이왕 나가는 것 윤호와 함께 저녁을 먹고 올 계획이었기에 다른 연습생들에게 윤호를 기다리지 말라는 의미에서 그러한 말을 남기고 밖으로 나갔다.

연습실 밖으로 나가니 복도에서 기다리고 있던 윤호가 눈을 반짝이며 수현을 쳐다보았다.

"형! 저녁도 사주실 거예요?"

뭔가 바람을 담은 듯한 눈으로 수현을 쳐다보며 물어보는 윤호의 모습에 수현은 자신도 모르게 미소를 지었다.

"어차피 너랑 같이 나갔다가 다시 들어올 거니… 사줄게!"

"야호! 형! 고기 먹어도 되요?"

윤호는 수현이 저녁까지 사주겠다고 말을 하자 얼른 또 다른 것을 요구하였다.

하지만 그것이 왠지 밉지 않은 수현은 알겠다며 고기를 사주겠다고 대답했다.

"알았어! 사준다. 그러니 그만 말하고 어서 신발 사러 가자!"

"네! 히히!"

윤호는 수현이 저녁으로 고기도 사준다고하자 기분이 좋은지 비실비실 미소를 지으며 앞장서서 걸었다.

그런 윤호의 모습에 수현은 왠지 군대 있을 때 후임을 보

그루브 느낌을 잡다 227

는 것 같아 잠시 군대 있을 때 기억이 떠올랐다.

하지만 그것도 잠시, 현실로 돌아왔다.

자신에게는 소질이 없을 것이라 단정을 하고 접었던 것이 어떤 계기로 그 실마리를 잡게 되었다.

한시라도 빨리 할 일을 치우고 그것을 알아보려면 시간이 부족했다.

아니, 부족하진 않았지만 마음이 너무 앞서고 있어 답답한 마음이 들었다.

그래서 앞서 걷고 있는 윤호의 뒤를 바짝 쫓으며 빠르게 걸었다.

Chapter 7

기습 평가

둥둥 두둥! 두둥! 둥둥!

연습실 안을 가득 울리는 음악 소리가 들렸다.

그리고 음악에 맞춰 연습실 가운데서 윤호가 춤을 추고 있었고, 수현은 조금 떨어진 곳에서 춤을 추는 윤호의 모습을 유심히 살피고 있다.

"후우! 후우!"

손과 발이 큰 원을 그리며 스텝을 밟다 순간적으로 박자에 맞춰 뒷발을 내밀며 마치 앞차기를 하듯 쭉 뻗는다.

'저게 무술이 아니라 춤이라니…….'

윤호는 지금 음악에 맞춰 브레이킹을 하고 있는데, 수현이 보기에 그것은 춤이 아닌 무술로 보였다.

저녁을 먹고 잠깐 인터넷으로 찾아본 브레이킹, 비보잉 동영상을 보고 잠깐 의문이 들기도 했지만 직접 윤호가 하는 동작을 보니 자신의 생각이 맞았다는 것을 다시 한 번 확인할 수 있었다.

'맞았어! 브레이킹이 브라질의 무술 카포에라에서 따온 것처럼 다른 무술들도 그들만의 리듬이 그 안에 있었어!'

윤호가 하는 것이 카포에라와 비슷하다는 것을 깨닫고 자신이 아는 다른 무술들과 비교를 해보았다.

가장 먼저 떠오른 것은 태권도였다.

10년이 넘게 수련을 하였고, 작년까지만 해도 직접 다른 사람을 가르치기도 했던 태권도가 가장 먼저 생각이 났다.

그러면서 태권도 안에서도 태권도만의 리듬감이 있다는 것이 떠올랐다.

그리고 태권도에 이어 떠오른 무술은 바로 태권도의 발생에 영향을 준 전통무술 태껸이었다.

태껸은 한반도에 내려오는 맨손 무술의 한 지류로 굼실굼실 리듬을 타며 품(品)자 형의 스텝을 밟아 상대의 방심을 유도하여 기습 공격을 함으로써 상대를 제압하는 격기다.

언뜻 봐서는 태껸은 무술같이 보이지도 않는 것이 뭔가 허술해 보이지만 막상 태껸 고수와 겨룬다면 쉽게 상대할 수 있는 무술이 아님을 알 수 있다.

한데 수현은 태껸에 대한 생각을 하던 중 왠지 모르게 태껸과 카포에라가 비슷한 구석이 많다는 것을 알게 되었다.

품(品)자 스텝을 밟는 태껸이나 징가무브라 불리는 카포에라 특유의 기본 스텝이 상당히 비슷한 구석이 있었기 때문이다.

그뿐만이 아니라 두 무술 모두 의외의 동작으로 상대가 생각지도 못한 방향에서 공격이 들어온다는 것과 음악과 밀접한 관계가 있다는 것, 또 그 배경에 무술을 금지하던 때 무술을 수련하면서도 그것이 무술로 보이지 않게 했다는 점이 있는 것 등 공통점이 많았다.

이런 생각이 꼬리에 꼬리를 물며 수현은 춤과 리듬감에 대한 실마리를 잡았다.

띠링!

— 리듬감을 깨달았습니다. 깨달음이 시스템에 등록이되어 레벨이 오릅니다.
— 댄스 하급 2Lv → 3Lv으로 변경되었습니다.
— 보컬 하급 2Lv → 3Lv으로 변경되었습니다.

갑작스러운 알람 음이었지만 수현은 놀라지 않고 살며시 입가에 미소가 걸렸다.

'됐다.'

확실히 자신의 짐작대로였다. 몇 시간 전 윤호가 연습실에서 자랑을 하듯 보여주었던 브레이킹 동작을 보며 생각했던 것처럼 자신이 춤에 대한 정의를 깨닫게 되자 짐작대로 스킬이 작용하여 레벨 업을 하였다.

뿐만 아니라 이전에는 그저 단순하게 스킬로써만 작용을 하여 제대로 된 춤이 되지 않고 말 그대로 스킬로 작용을 했을 뿐인데, 이제는 그 속뜻을 깨달음으로 해서 진정한 춤을 출 수 있게 된 것이다.

더욱 수현의 기분을 기쁘게 한 것은 춤에 대한 리듬감을 알게 된 것 만으로 춤과 함께 소질이 없다고 포기를 했던 보컬에 대한 레벨도 올랐다.

두 스킬은 따로 떨어드릴 수 있는 것이 아니었기에 하나를 깨닫자 두 스킬 모두 연동이 되어 레벨 업을 했던 것이다.

그런데 댄스와 보컬 스킬이 레벨 업을 했다는 알림을 보고 있던 수현의 눈에 이상한 것이 보였다.

'저게 무슨 뜻이지?'

— 신체 각성 보너스로 공감각 스킬이 활성화되었습니다.

— 공감각 중급 1Lv

스타라이트

'저걸 왜 지금까지 못 봤지?'

스킬창 가장 밑에 깜빡이고 있는 문구를 이제야 확인한 수현은 생각지도 못한 스킬에 그것이 무엇인지 알아보기 위해 그것에 집중을 하였다.

그러자 공감각이란 스킬에 대한 설명이 떠오르기 시작했다.

수현은 군대에 있을 때 낙뢰 사고를 당한 뒤로 시스템이란 것이 몸에 적용이 되면서 남들과 다른 감각을 느끼고 경험을 하면서 신체 스탯과 스킬이라는 이름의 재능을 얻었다.

그래서 많은 재능을 가지게 되었는데, 처음에는 이런 것을 그저 단순하게 받아 들였지만 정신과 지능 스탯이 오르면서 보다 효율적으로 스탯과 스킬을 올리는 방법을 찾게 되었다.

그렇게 궁리를 하다 알게 된 것은, 처음에는 어느 날 갑자기 생성된 이 시스템이 불친절하다 느꼈는데, 이는 자신이 시스템에 대해 제대로 알지 못했기에 그렇게 느꼈을 뿐이라는 점이었다.

알고 나니 시스템은 의외로 친절했다.

시스템에 나타나는 스킬이나 스탯들의 용어는 아주 직관적이고 수현이 알기 쉽게 설명을 하고 있었다.

다만 수현이 여유가 없어 그런 것을 깨닫지 못했던 것뿐이었다.

알고자 하는 것에 정신을 집중하면 그것에 관해 자세히 설명을 해주고 있다는 것을 깨달은 수현은 지금 새롭게 나타난 스킬인 공감각에 대해 알아보기 위해 정신을 집중했다.

― 감각 영역의 자극으로 하나의 감각이 다른 감각의 영역에도 영향을 미치는 현상. 한 가지 자극으로 연동 사고를 할 수 있다. 절대미각, 절대음감 등이 공감각이 발달함으로써 나타날 수 있는 감각에 속한다.

공감각에 대한 설명을 확인한 수현은 방금 전 춤에 대한 감각을 금방 깨달았던 것이 바로 신체가 업그레이드되면서 가지게 된 공감각이란 스킬 때문이었다는 것을 알게 되었다.

'참으로 공교롭구나!'

그저 시간이 남아 오랫동안 쳐다보지도 않던 상태창을 정리하기 위해 했던 행동이 그 동안 자신을 고민하게 만들었던 문제를 해결하는 결정적인 키 역할을 했다는 것을 깨닫고 새삼 모든 행동이 연관이 있음을 다시 한 번 깨닫게 되었다.

띠링!

— 세상의 작은 깨달음을 얻었습니다. 경험치가 상승합니다. 모든 스탯이 1 상승합니다.

〔캐릭터 정보〕

이름: 정수현
직업: 모델, 연예인
레벨: 50
경험치: 28%
특기: 태권도(M), 외국어(영어, 불어, 중국어, 일본어, 태국어, 말레이시아어)

힘: 41
지능: 51
정신: 51
민첩: 46
체력: 56

카리스마: 31
매력: 38

보너스 스탯: 0
보너스 포인트: 21

레벨 업을 한 것은 아니었지만 깨달음으로 인해 모든 스탯이 1씩 오르자 스킬 정보창에서 바로 상태창으로 넘어가 상승한 스탯들을 보여주었다.

자신의 상태창을 확인한 수현은 이왕 상태창을 확인한 것 보너스 포인트를 사용해 방금 전 깨달음으로 오른 댄스와 보컬의 스킬 레벨을 올리기로 하였다.

다만 갑자기 실력이 향상이 되면 놀랄 수도 있으니 일단 하급 3Lv인 스킬을 중급으로 올리는 것으로만 하였다.

어차피 보너스 포인트가 도망가는 것도 아니니 나중에 다시 또 올리면 되는 것이니 스킬 레벨을 더 올리는 것은 나중으로 미뤘다.

결심이 서자 수현은 주저하지 않고 댄스와 보컬 스킬을 포인트 네 개를 사용하여 두 스킬 모두 중급 1Lv로 향상시켰다.

수현이 그렇게 깨달음을 얻고 보컬과 댄스의 스킬을 중급 1Lv로 향상시키는 사이, 음악이 끝나고 브레이킹 시범을 보이던 윤호도 춤을 멈추고 숨을 고르며 수현을 쳐다보았다.

스타라이프

"하아! 하아! 형 잘 보셨어요?"

가쁜 숨을 몰아쉬며 질문을 하는 윤호의 모습에 수현은 고개를 살짝 끄덕였다.

"그래, 잘 봤다."

"그래요. 그럼 이번에는 저랑 같이 해봐요."

수현의 대답을 들은 윤호는 새 신발과 고기로 저녁까지 푸짐하게 얻어먹었던지라 자신이 알고 있는 것을 좀 더 자세히 알려주기 위해 그를 불렀다.

그런 윤호의 모습에 수현은 고개를 끄덕이며 그의 옆으로 가서 자세를 잡았다.

'기본 인성은 됐네!'

춤을 추기 위해 자세를 잡으면서 수현은 속으로 그런 생각을 하였다.

솔직히 수현이 데뷔를 앞두고 모인 예비 멤버들 속에서 합동 수업을 받으면서도 그들과 어울리지 않았던 것은 나이가 많은 것도 있고, 또 낙하산이라고 그들이 따돌리는 것도 있었지만 개인적으로 함께 연습을 하고 있는 그들의 인성을 아직 믿을 수 없었기 때문이다.

수현이 회사 직원들과는 그런대로 안면을 트고 이야기라도 하지만 연습생이나 소속 연예인 중에 말을 주고받는 이는 최유진이 유일했다.

이것은 최유진으로 인해 많이 희석되기는 했지만 아직도

연예인들에 대한 불신이 완전히 가신 것은 아니기 때문이다.

그리고 이런 수현의 고정관념은 전 애인이었던 안선혜의 영향이 아주 지대했다.

이는 자신이 군대에 있을 때 일방적인 이별 통보만으로 그런 생각을 한 것이 아니라 나중에 대시 만났을 때 안선혜가 아무런 죄책감 없이 자신을 보고 행했던 말과 행동들 때문에 그리된 것이다.

엉뚱한 망상에 빠져 조폭을 이용해 테러를 하려던 안선혜의 행동이나 그녀를 둘러싼 주변인들의 안하무인인 모습들을 보며 뼛속까지 형성된 부정적인 생각이니 최유진과 몇 개월 함께 했다고 그런 것들이 말끔히 씻겨 나간다는 것은 말도 되지 않는 소리다.

그나마 연예계에 대한 부정적인 생각만이라도 적어져 자신의 직업을 연예인으로 생각하게 된 것만으로도 많은 발전이 있다고 할 수 있다.

그런데 아주 짧은 시간이지만 윤호와 함께 하면서 그와 알게 되면서 수현은 다시 한 번 공고히 갖춰졌던 연예인에 대한 부정적인 생각이 조금 허물어지는 것을 느꼈다.

'데뷔를 앞두고 있으면서도 독선적이지 않고, 남을 배려할 줄 알고 괜찮은 녀석이네!'

"시작합니다. 하나! 둘! 셋! GO!"

둥둥! 두둥! 쿵쾅!

음악이 다시 연습실 안을 울리고 두 사람은 음악에 맞춰 춤을 추기 시작했다.

넓은 연습실을 수현과 윤호 두 사람만 사용하고 있었지만 결코 황량하게 느껴지지 않을 정도로 두 사람이 음악에 맞춰 추고 있는 춤은 무척이나 크고 화려했다.

얼마 전까지만 해도 기계가 움직이는 것만 같았던 수현의 춤은 그루브를 깨닫고 스킬 레벨을 중급 1Lv로 상승을 하면서 진정한 춤이 되었다.

더욱이 중급의 브레이킹은 방금 전 수현에게 브레이킹을 가르쳐 주었던 윤호 못지않은 춤실력을 보여주었다.

물론 프로에 가까운 비보잉 실력으로 킹덤 엔터의 연습생이 된 오윤호의 실력에는 한참 못 미치는 실력이었지만 춤을 배우기 시작한지 얼마 되지 않은 수현이 이정도 실력을 보이는 것은 아주 놀라운 일이다.

그리고 이것은 함께 춤을 추고 있는 윤호도 같은 생각을 하였다.

'이 형 뭐야!'

사실 수현이 자신에게 브레이킹을 가르쳐 달라고 했을 때만 해도 윤호는 별 생각을 하지 않았다.

자신에게 브레이킹을 가르쳐준다면 요구하는 것을 들어주겠다고 했을 때, 수명이 다된 신발이나 하나 얻을 욕심에 가르쳐준다고 했던 것뿐이다.

그런데, 수현과 몇 시간 함께 하면서 윤호는 수현에 대한 자신이 가졌던 선입견이 잘못 되었다는 것을 깨닫기까지 얼마 걸리지 않았다.

들리는 소문과 다르게 수현은 참으로 예의가 바른 사람이었고, 자신에 대한 과시나 그런 것이 없었다.

그래서 자신도 약속을 하고 또 받은 것이 있기에 가르치는 것에 최선을 다했다.

자신이 가르쳐 주는 것이야 최선을 다한다지만 그것을 받아들이는 것은 수현이 할 일이기에 받은 것만큼 최선을 다하자는 심정으로 가르쳤다.

물론 그러는 한편 자신이 오랜 시간 다쳐가며 배웠던 춤에 대한 자부심도 있기에 쉽지 않을 것이라 생각을 했다.

그런데 브레이킹에 대한 설명을 들려주고 부분 동작으로 어떤 동작이 있는지 알려준 뒤 시범을 한 번 보였을 뿐이다.

그리고 함께 동작을 맞춰 본 것뿐인데, 생각보다 수현이 자신을 잘 따라오는 것은 물론이고 자신이 몇 년을 두고 습득했던 동작들을 오차 하나 없이 그대로 따라하는 것이 아닌가?

'천재였어!'

음악에 맞춰 춤을 추면서도 윤호는 수현을 보는 것을 멈추지 않았다.

그러면서 속으로 그런 판단을 하게 되었다.

불과 몇 시간 전까지 수현이 춤을 어떻게 추는지 잘 알고 있는 윤호였기에 지금 자신의 옆에서 브레이킹을 하고 있는 수현이 같은 사람인지 믿을 수 없으면서도 수현을 천재라고 생각할 수밖에 없었다.

수재나 범재는 어떤 일을 잘 하기까지 많은 노력이 필요하다.

하지만 천재라는 유형의 존재들은 그런 것 없이 뭔가 깨달음을 얻어 한 순간에 성과를 이룩한다.

그리고 윤호가 보기에 수현이 바로 그런 천재형 인간이었다.

*　　　*　　　*

윤호에게 브레이킹을 배우면서 깨달은 리듬감 때문에 보컬과 댄스의 감을 잡았다.

그리고 그때 깨달음 때문에 공감각이란 스킬까지 얻게 되었다.

그래서 그런지 그 이후 수현은 보컬 트레이너와 댄스 트레이너가 가르쳐 주는 것들을 마치 마른 수건이 물을 빨아들이듯 쏙쏙 빨아들여 자신의 것으로 만들었다.

뿐만 아니었다. 공감각은 수현이 생각하는 것 이상으로 작용을 하였는데, 높은 지능과 정신력이 이것과 연동을 하면서 +α의 효과를 내었다.

우선 음악을 예로 들면, 청각으로만 들리던 음악이 이제는 눈, 즉 시각으로도 보이고 또 촉각으로도 그 느낌이 전달이 되었다.

그러다 보니 그 노래나 음악에 대한 느낌까지 파악을 할수 있게 되었으며, 그 음악을 작곡, 작사한 사람이 어떤 의도로 그런 음악을 만들었는지 그 의도까지 파악하게 됨으로써 보다 정확하게 곡을 해석하고, 또 부르는 자신의 감정을 음악에 담을 수 있게 되었다.

이는 노래에 관해서만 그런 것이 아니라 춤에서도 마찬가지로, 기초적이나마 음악에 맞는 즉흥 안무도 만들어낼 수 있을 정도로 발전을 하였다.

거기에 사고력까지 늘어났는지 연기 수업을 할 때 대본을 읽고 배역에 대해 분석하는 능력이 크게 향상이 되었다.

다만 머리로 깨달은 것을 아직은 제대로 표현을 할 수가 없어 조금 답답하긴 하지만, 그것은 아직 수현이 연기를 배우기 시작한 것이 짧아 그런 것이지 만약 원래부터 배우를 꿈꾸고 이런 정도의 깨달음을 가지고 있었다면 보다 풍부한 감정을 담은 연기를 할 수 있게 될 것이 분명했다.

이는 수현을 가르치는 연기 지도 트레이너의 판단이었다.

원래 수현의 연기는 최유진이 맡을 생각이었지만, 킹덤 엔터의 사장인 이재명은 그것을 허락하지 않았다.

물론 이에 최유진이 크게 반발을 하였지만, 이재명 사장으로서는 킹덤 엔터의 최고의 캐시카우인 최유진을 신인 연기자를 키우는데 동원하기 보단 그대로 연예계 활동을 하는 것이 훨씬 도움이 된다.

이재명 사장은 이런 것을 최유진에게 주지시키며 설득을 하였다.

최유진이 생각하는 수현의 연기력이 신인을 벗어났다고 판단을 하지만 아직 기초가 부족했다.

이재명 사장이 생각하기에는 기초 없이 공사를 한 건축물이나 마찬가지인 상태다.

겉으로 보기에는 그럴 듯하지만 자세히 살펴보면 기초가 부실한 그런 겉보기 화려한 지진이라도 한 번, 아니 강풍이 한 번이라도 불면 쓰러질 그런 엉성한 구조물로 보이기 충분했다.

그러니 우선 수현에게 연기에 대한 기초적인 공부를 시키고 어느 정도 기본기가 쌓이면 그때 다시 논의를 하자고 중재안을 내었다.

이를 들은 최유진도 이재명 사장이 내놓은 중재안을 듣고 한발 물러나 그 제안을 받아 들였다.

그래서 수현에게 보컬이나 댄스 트레이너는 킹덤 엔터에

있는 최고의 트레이너를 붙였지만, 연기를 가르칠 트레이너는 최고가 아닌 어린 연습생들에게 연기의 기초를 가르치는 트레이너를 붙였다.

어차피 나중에 최고의 연기 트레이너라 할 수 있는 최유진이 본격적인 연기를 가르칠 것이니 군이 처음부터 레슨비가 비싼 트레이너를 붙일 필요는 없는 일이기 때문이다.

다만 연기를 뺀 보컬과 댄스 트레이너를 최고의 트레이너로 배치한 것은 보컬과 댄스가 이론도 중요하지만 이 둘은 실전, 즉 실기가 가장 중요한 것이기에 이론 수업은 간단하게 진행을 하고 실전 교습 위주로 가르쳐야 했기에 최고의 트레이너를 배치한 것이다.

만약 수현을 전문 트레이너로 양성할 것이었다면 이론 수업도 중요했겠지만, 이재명 사장이나 최유진이 수현에게 원하는 것은 트레이너의 자질이 아닌 연예인으로써 스타가 될 소양을 기르는 것이기에 할 수 있는 선택이었다.

하지만 소를 물가로 데려갈 수는 있지만 억지로 물을 먹일 수는 없다고 했던가. 아무리 최고의 트레이너를 붙여 주었지만 수현의 실력은 나아지지 않았다.

아니, 조금씩 실력이 향상이 되기는 했지만 다른 연습생들에 비해 너무도 더디게 실력이 늘어나고 있었다.

이 때문에 보고를 받은 이재명은 최유진의 판단이 잘못된 것은 아닌가 하는 생각이 들었었다.

하지만 그런 생각이 바뀌는 것은 그리 오래 걸리지 않았다.

수현이 오윤호에게 개인적으로 브레이킹을 배우고 깨달음을 얻으면서 수현의 춤 실력이 몰라보게 향상이 되었고, 그것은 바로 다음날 댄스 트레이너인 김종한의 눈에 띄게 되었다.

그리고 그날 개인 사정으로 보컬 트레이닝을 하지 못한 수현의 보컬 트레이너도 다음날 보컬 수업을 하면서 수현의 노래를 듣고 깜짝 놀랐다.

어제 하루 안 본 사이 무슨 일이 있었기에 수현의 노래 실력이 갑자기 상승한 것에 놀란 것이다.

물론 전에도 수현이 노래를 아주 못한 것은 아니다.

다만 그건 일반인 기준이고 이곳은 연예인을 꿈꾸는 예비 스타들을 양성하는 엔터테인먼트다.

그러다 보니 수현이 부르는 노래를 잘 부른다 평가를 할 수가 없었는데, 불과 하루 못 본 사이 데뷔를 앞둔 아이돌 가수보다, 아니 기성 가수들과 비교를 해도 곡을 해석하고 감정을 이입 하는 것을 따진다면 상위에 속할 정도로 발전했다.

물론 아직 부족한 점이 아주 없는 것은 아니지만, 보컬 트레이너인 이혜연이 판단하기에 수현의 지금 실력이 거짓이 아니라면 지금 당장 데뷔를 한다고 해도 충분할 것이라 판단을 하였다.

그리고 이런 판단은 바로 사장인 이재명에게 전달이 되었다.

이런 보고를 이예연만 하는 것이 아닌 댄스 트레이너인 김종한도 몇 시간 차로 했기에 이재명이 놀라지 않을 수 없었다.

바로 어제까지만 해도 김종한에게 애매모호한 보고를 받았는데, 불과 하루 만에 그런 판단이 뒤집힌 것이다.

그러니 이재명도 사실을 확인하지 않을 수 없게 되었다.

그래서 예비 멤버들이 모인 연습실에 때 아닌 킹덤 엔터의 간부들이 모이게 되었다.

최유진과 수현을 하루 빨리 스타로 만들자고 프로젝트를 구성한 이재명이다.

원래 이재명은 이런 식으로 마구잡이식으로 단기간에 급하게 프로젝트를 만드는 사람이 아니었다.

그렇지만 회사의 간판스타가 개인적으로라도 자금을 동원해 수현을 스타로 만들겠다고 하니 어떻게 하겠는가. 연예 기획사 사장으로서 아무리 회사의 간판스타라도 그대로 그녀의 손을 빌어 스타를 양성할 수 있겠는가? 그녀가 명목상으로 회사의 이사에 등록이 되어 있다고는 하지만 그래도 그건 아니었다.

그래서 절충안으로 회사와 그녀가 반반씩 투자를 하는 형

스타일라이프

식으로 계약을 하고 정수현을 스타로 만드는 프로젝트에 들어갔다.

하지만 수현의 나이가 살짝 문제가 되었다.

연예계에서 24살은 그리 적지 않은 나이였다.

예전이라면 아역을 제외하면 성인 역할을 하는 연기자건 청소년 배역을 하는 연기자건 모두 성인 배우들이 하였다.

하지만 시대가 바뀌면서 연기자들의 연령대가 점점 낮아져 처음 연기를 시작하는 것이 대학을 졸업하거나 20대가 되어 연기를 시작하는 것이 아니라 10대 미성년자였을 때부터 연기에 대한 공부를 하고, 청춘 드라마나 미성년을 대상으로 하는 성장 드라마가 생기면서 연예계 데뷔 연령이 대체로 10대 후반 정도로 낮아졌다.

특히나 아이돌 그룹이 활성화되면서 그런 분위기는 더욱 가속화되었다.

그런 측면에서 24살에 연예계에 데뷔를 하는 것은 조금 늦었다고 할 수 있었다.

물론 수현이 작년부터 모델 활동을 하면서 종종 TV에 얼굴을 비추기도 했지만 그것과 이것은 다른 문제였다.

그러니 이재명으로사는 특단의 조치를 취할 수밖에 없었다.

그것은 바로 부족한 시간을 엄청난 예산으로 처리를 하겠다는 것이다.

그래서 일단 수현을 돋보이게 할 수 있는 교육을 시키기로 하고 춤과 노래를 가르쳤다.

뿐만 아니라 스케줄이 없을 때는 소속사 연예인들에게 가르치고 있는 다양한 소양 교육을 단기 속성으로 가르쳤다.

의외로 수현이 이런 것에 소질이 있는지 금방 가르쳐 준 것들을 능숙하게 함으로써 이재명에게 가능성을 보여주었다.

다만 연예인으로서 필수라 할 수 있는 노래와 춤에 관한 부분이 부족해 일단 예능 쪽으로 가닥을 잡고 밀어 붙이고 있는 상황인데, 또 다시 상황이 바뀌었다.

나쁜 쪽으로 바뀐 것이 아니라 아주 좋은 쪽으로 상황이 바뀐 것이다.

잘하는 것도 그렇다고 못하는 것도 아닌 애매모호한 실력을 가졌던 수현이 불과 하루 만에 실력이 일취월장하였다는 보고를 받았다.

그러니 사장인 이재명으로써는 불감청 고소원이요, 울고 싶은데 뺨 맞은 것처럼 시기적절하게 수현의 실력이 늘어났다.

그래서 이재명은 현재 킹덤 엔터에서 준비 중인 아이돌 그룹에 수현을 포함시키려는 생각을 하였다.

뭐니뭐니해도 요즘 연예계는 아이돌로 데뷔하는 것이 최단 기간에 연습생을 스타로 만드는 방법이다.

더욱이 수현은 아이돌 데뷔를 하기에 조금 나이가 많은 편이기는 하지만 이미 모델로 얼굴이 알려진 상태다.

더욱이 공중파 방송국인 KTV의 간판 예능에 고정 출연이 예약되어 있는 상태이기도 했다.

그 말은 수현이 아이돌 그룹에 포함이 되어 데뷔만 하면, 수현뿐만 아니라 준비하던 아이돌 그룹도 주목을 받을 수 있다는 소리였다.

수현만 성공을 해도 충분한데, 준비하던 아이돌 그룹도 충분히 가능성이 보장이 된다는 판단이 서자 이재명의 걸음이 빨라진 것이다.

이재명이 그런 판단을 하는 것에는 다 이유가 있었다.

수현의 실력이 늘어난 것도 그것이지만, 현재 준비 중인 예비 아이돌 그룹 멤버들도 준비가 되어 있는 상태이기 때문이다.

다만 멤버 구성이나 데뷔 시기를 아직 잡지 못해 계속해서 놔두고 있는 것이지 그들이 실력이 없어서 아직 데뷔할 능력이 되지 않아 그냥 연습을 시키는 것만은 아니었다.

그런데 아이돌 그룹을 만들어 데뷔를 시킬 아주 좋은 건수를 잡았다.

수현과 만들어질 아이돌 그룹을 잘만 조합을 시키면 충분히 킹덤 엔터에 현재 부유 중인 남자 아이돌 그룹 왕국의 아이들에 이어 또 다른 성공한 스타 아이돌 그룹을 가질 수 있을 것 같았다.

그래서 보컬 트레이너인 이혜연의 보고를 받자마자 예비 멤버들이 모여 연습을 하고 있는 연습실로 현재 회사에 있는 이사급 이상을 모두 불러 모았다.

*　　　　*　　　　*

웅성! 웅성!

넓은 연습실, 하지만 오늘은 너무도 많은 사람이 그 안에 들어오다 보니 아이돌이 되기 위해 모인 예비 멤버들만 사용할 때보다 무척이나 비좁았다.

그도 그럴 것이 킹덤 엔터에서 방귀 좀 뀐다고 생각되는 사람들은 거의 대부분 모였기 때문이다.

그리고 그들뿐만 아니라 킹덤 엔터에 소속된 가수들도 모였기에 특히 더 좁게 느껴졌다.

그 때문인지 이를 지켜보던 이재명 사장은 자신이 너무 일을 급하게 처리를 한 것을 느꼈다.

"사장님! 여긴 안 되겠는데요."

킹덤 엔터의 상무 중 한 명인 김재원이 조심스럽게 자신의 의견을 피력했다.

그런 김재원의 의견에 이재명 사장도 그것을 느끼고 있었기에 얼른 대답을 하였다.

스타일라이프

"지금 지하 대 연습실 비었지?"

이재명이 자신의 비서를 돌아보며 물어보자 비서가 얼른 대답을 하였다.

"예, 그렇습니다."

"그럼 아이들 평가는 대 연습실에서 하도록 하지! 자네는 어서 준비하게!"

이사들에게 그렇게 이야기를 하고 비서에게는 어서 가서 평가 준비를 지시했다.

아무리 매일 청소를 한다고 하지만 지하에 있는 대 연습실은 한 달에 한 번 킹덤 엔터에 소속된 연습생들의 평가를 할 때만 사용을 하기에 미리 비서에게 지시를 내린 것이다.

"예, 알겠습니다."

비서는 이재명 사장의 지시가 떨어지기 무섭게 빠른 걸음으로 연습실을 빠져나갔다.

자신의 비서가 나가는 것을 본 이재명은 자신의 지시로 이곳에 모인 간부들을 보며 이야기했다.

"여기선 평가를 하기 힘들 것 같으니 지하 대 연습실에 다시 자리를 만들도록 하겠습니다."

비록 이재명이 사장이라고는 하지만 많은 이사급 이상의 간부들이 있기에 함부로 말을 하지 않고 존칭을 쓰는 모습이었다.

이재명 사장의 말이 떨어지기 무섭게 연습실 안에 모여

있던 사람들이 하나둘 밖으로 나갔다.

지하 대 연습실에 평가 준비가 되려면 어느 정도 시간이 필요할 것이니, 그동안이라도 이 좁은 곳에서 있는 고욕에서 벗어나고 싶었기 때문이다.

"휴!"

이재명 사장과 회사의 고위 간부들이 모두 연습실을 나가자 그동안 숨소리도 내지 않고 긴장을 하고 있던 연습생들이 한숨을 쉬었다.

"긴장돼 죽는 줄 알았네!"

오윤호는 연습실 바닥에 주저앉으며 너스레를 떨었다.

"네가 퍽이나 긴장을 했겠다."

윤호의 너스레에 친구인 성민이 비쭉이며 윤호의 말을 받았다.

"정말이야! 자, 봐!"

친구 성민의 타박에 윤호는 자신도 방금 전에 긴장을 했다면 손바닥을 내보였다.

아닌 게 아니라 넉살 좋은 윤호도 조금 전 이재명 사장과 여러 고위 간부들이 자신들의 연습실 안에 모여 들자 긴장을 한 것인지 손바닥에 땀이 흥건히 젖어 있었다.

"긴장할 게 뭐 있냐? 사장님과 이사님들이 여길 찾아 왔다는 것은 너희들 데뷔가 가까웠다는 말인데, 기회가 왔으니 확실하게 그 기회를 잡아야지."

수현은 막 연습을 하려던 찰나 사장과 이사들이 연습실로 들어서자 그들이 온 이유를 짐작하고 있었다.

그렇기에 별로 놀라지 않고 이들에게 이야기를 할 수 있는 것이다.

물론 자신은 아이돌과 연관이 없다고 생각을 했기에 이런 말을 할 수 있는 것이기도 하다.

하지만 잠시 후, 수현은 자신의 생각이 잘못되었다는 것을 깨닫게 된다.

원래 이재명과 최유진의 계획은 수현에게 춤과 노래는 부수적인 것으로, 연기자로서 경험을 쌓게 해주려는 의도였지만 수현이 두 가지를 너무도 확실하게 마스터하는 바람에 이재명이 계획을 수정한 것이다.

연습실에 모여 있던 연습생들은 이미 트레이닝 시간이 지났지만 김종한 댄스 트레이너가 들어오지 않는 것을 보며 확실히 알게 되었다.

'오늘 데뷔 멤버가 정해진다.'

연습생 아이들은 속으로 그런 확신이 들자 아까보다 더 긴장을 하기 시작했다.

그런 아이들의 모습에 다시 한 번 수현이 나서서 조언을 하였다.

"그렇게 굳어 있다가는 평소 실력도 다 보여주지 못할 수도 있다. 그냥 평소 연습을 하던 것만큼만 보여줘도 충분히 데뷔를 할 수 있는 실력들을 가지고 있으니 너무 긴장들 하지 마!"

하지만 수현의 조언에도 불구하고 아이들은 긴장을 놓을 수가 없었다.

그렇다 해도 데뷔를 하는 것은 1개 팀일 뿐이다.

그런데 지금 연습실에 모인 예비 멤버들은 여덟 명이나 되었다.

여덟 명 전부를 아이돌 그룹으로 뽑는 것은 관리에 문제가 많기에 회사에서 2~3명 정도는 탈락을 시킬 것이다.

물론 그렇지 않을 수도 있다. 하지만 여덟 명을 한 그룹으로 묶게 되면 관리하는 인원도 최소 세 명은 뽑아야 하고, 또 운용하는 차량뿐만 아니라 그룹이 한 번 움직이는 것만으로도 많은 비용이 발생을 한다.

그렇다고 수익이 더욱 커지는 것도 아니다.

여덟 명을 1개 그룹으로 만들 바에는 차라리 몇 명 보강을 하여 두 개의 그룹으로 데뷔를 시키는 것이 더 나았다.

그런 생각을 하자 조금 전까지만 해도 형, 동생하며 같이 고생을 하는 동료였지만 지금은 상황이 달라졌다.

어떡하든 상대를 밟고 올라가야만 하는 관계가 된 것이다.

그 때문에 한순간 연습실 내에 숨소리도 작아지며 조용해졌다.

덜컹!

"모두 지하 대 연습실로 내려가!"

연습생들이 서로 눈치를 보고 있을 때, 연습실 문이 열리며 김종한이 들어와 소리쳤다.

그 소리에 연습생들이 자리에서 일어나 연습실을 빠져나가고 있을 때, 수현은 조용히 그 모습을 지켜보았다.

그런데 그런 수현의 모습에 김종한은 막 지하 대 연습실로 가려던 걸음을 멈추고 수현을 돌아보며 소리쳤다.

"넌 뭐하고 있어! 어서 안 움직여?"

"네? 네!"

김종한 댄스 트레이너의 호통에 수현도 대답을 하고 얼른 뛰어 방금 나간 연습생들의 뒤를 따랐다.

쿵!

수현이 밖으로 나가자 가장 늦게 연습실을 빠져나온 김종한이 연습실 문을 닫고 지하로 내려갔다.

＊   ＊   ＊

킹덤 엔터의 지하 대 연습실.

월말 평가를 하는 날도 아닌데, 회사의 간부는 물론이고 사장인 이재명까지 이곳에 내려와 있었다.

"음!"

수현과 여덟 명의 연습생들은 긴장된 표정으로 전면을 쳐다보았다.

그곳에는 급하게 마련된 테이블이 놓여 있었고, 그 뒤에는 사장인 이재명과 이사들 그리고 킹덤 엔터에 소속된 가수들이 자리를 잡고 있었다.

"오늘은 우리 킹덤 엔터의 차세대 남자 아이돌 그룹 멤버를 뽑기 위해 자리를 마련했다."

사장인 이재명이 마이크를 들고 이야기를 하기 시작했다.

그런 이재명 사장의 이야기가 계속 될수록 평가를 받아야 하는 연습생과 수현은 바짝 긴장을 하였다.

"우선 한 명씩 노래 실력을 평가할 것이고, 그 다음은 합동으로 안무 평가를 할 것이다."

부스럭! 부스럭!

작은 소음이 있기는 했지만 대 연습실 안에 퍼진 긴장감을 깨뜨릴 정도의 소음은 아니었기에 이재명 사장은 계속해서 오늘 평가에 대한 이야기를 하였다.

"가장 오랜 연습생 기간을 거친 사람부터 평가를 하겠다."

자신의 할 말을 끝낸 이재명 사장은 자리에 앉아 자신의 비서를 돌아보았다.

그러자 이재명 사장의 시선을 받은 비서가 마이크를 들고 호명을 하였다.

"조원!"

간단한 호명에 대기를 하고 있던 조원이 앞으로 나섰다.

킹덤 엔터에서 연습생 기간만 8년째로, 예비 멤버 중 나이는 중간 정도이지만 가장 오랜 연습생 기간을 가지고 있었다.

"신승운 선배님의 보이지 않는 사랑 불러보겠습니다."

조원은 노래 평가를 받기 위해 부를 노래로 발라드의 황제라 불렸던 90년대 최고의 가수 신승운의 보이지 않는 사랑을 선택했다.

띠리링!

조용하고 은은한 신승운의 보이지 않는 사랑의 전주가 흐르고 그 소리에 맞춰 두 눈을 감으며 음정을 맞추던 조원이 노래를 부르기 시작했다.

보이지 않는 사랑이 너무도 명곡이다 보니 웬만한 가수는 사실 부르기 힘든 노래 중 하나다.

그럼에도 조원은 저음과 고음을 넘나들며 신승운의 보이지 않는 사랑을 자신의 색깔에 맞게 아주 맛깔나게 불렀다.

조원의 노래가 끝나고 두 번째로 평가를 받은 사람은 임진운이다.

조원보다 한 살 더 많았지만 조원보다는 연습생 기간이 6개월 정도 짧아 조원의 다음으로 노래를 부르게 되었다.

그런데 두 번째로 부르는 임진운도 요즘 유행하는 빠른

비트의 후크송이 아닌 발라드를 불렀다.

성시연의 거리에서라는 노래로, 성시연과 덩치도 비슷하고 또 맑은 음색이 정말 성시연과 비슷한 임진운이었기에 노래 선곡은 정말이지 탁월해 보였다.

먼저 노래를 부른 조원의 보이지 않는 사랑도 무척이나 듣기 좋았지만, 임진운이 부르는 거리에서도 무척이나 듣기 편안하였다.

이렇게 두 사람의 노래가 끝나고 남은 연습생들의 표정이 더욱 굳어졌다.

사실 여럿 명의 연습생 중에 두 사람이 가장 노래 실력이 뛰어난 때문이다.

그래서 아직 평가를 받지 못한 연습생들은 자신들 중 조원과 임진운은 분명 이번 평가에서 아이돌 그룹에 뽑힐 것이라 생각을 했기에 남은 자리가 너무도 적어 보여 부담감이 더욱 커졌다.

그래서 그런지 세 번째 평가를 받는 오대영은 발라드를 부르지 않고 아이돌 그룹의 노래를 불렀다.

거기에 앞서 부른 조원과 임진운보다 노래 실력이 떨어지기에 자신만의 개성을 보여주기 위해 노래에 맞는 안무도 함께 선보였다.

비록 안무 때문에 호흡이 살짝 불안정했지만 그래도 아이돌 그룹 멤버를 뽑는 것이기에 그 정도는 무난하게 넘어갔다.

이렇게 평가를 받는 연습생들이 한 명, 한 명 최선을 다해 자신의 실력을 뽐내고 있을 때, 수현도 그런 연습생들을 지켜보며 긴장을 했다.

말로는 평소 연습한대로만 하면 충분히 뽑힐 수 있다고 했지만 점점 자신이 평가를 받을 시간이 다가오자 그도 긴장이 되었다.

여덟 번째로 오윤호가 노래를 끝마치고 돌아오자 마지막으로 수현의 순서가 되었다.

자신의 순서가 되자 수현은 무대 위로 나갔다.

가운데 놓인 마이크 앞에 서자 조금 전 저 뒤에서 노래를 부르는 연습생들을 보며 긴장하던 것이 한순간에 사라졌다.

참으로 신기한 기분이 아닐 수 없었다.

그러면서 문득 무대가 왠지 자연스럽다는 느낌을 받았다.

'어? 왜 이리 익숙한 것 같지?'

참으로 희한한 느낌이 아닐 수 없었다.

수현은 지금까지 한 번도 이런 경험이 없었기 때문이다.

킹덤 엔터에 연예인으로 재계약을 했을 때도 수현은 월말 평가에서 빠져 있었다.

그도 그럴 것이 수현은 이전에는 모델로 계약을 했었고, 연예인으로 다시 계약을 할 때도 회사에서는 가수가 아닌 연기자 쪽으로 생각을 하고 있었기에 굳이 월말 평가에 수현을 나오라고 하진 않았다.

더욱이 수현의 실력이라는 것이 일반인 정도였기에 가수를 준비하는 이들과 같이 평가하기에는 실력이 많이 떨어졌기에 굳이 부르지 않은 것이다.

그런데 갑자기 수현의 노래와 춤 실력이 향상이 되면서 입장이 바뀌었다.

상황이 바뀌었으니 수현도 회사 간부들 앞에서 가수들 앞에서 평가를 받아야 하는 시간을 맞은 것이다.

그런데 생전 처음 겪는 일인데도 전혀 떨리지 않았다.

수현은 외국 아이돌 그룹의 노래를 선택했다.

1990년대 미국 아이돌 그룹인 뉴키즈의 스텝 바이 스텝이었다.

요즘 아이돌 그룹 노래와 다르게 복잡하지 않고 아이돌 그룹 노래였지만 혼자 불러도 그리 힘들지 않았으며 살짝살짝 곁들인 댄스는 이제 춤이 어느 정도 익숙해진 수현이 표현하기에도 안성맞춤이었다.

경쾌한 음악이 흐르고 도입부가 시작되면서 수현의 노래가 시작이 되었다.

"Step by step ooh baby……."

수현이 노래를 부르기 시작하자 이를 듣고 있는 심사위원들의 눈이 동그래졌다.

심사 위원으로 앉은 이재명 사장이나 킹덤 엔터의 이사들과 가수들은 수현이 언제부터 보컬 트레이닝을 받았는지 모두 알고 있었다.

간부들이라고 소속된 가수나 연습생의 노래 실력을 모두 알고 있는 것은 아니지만 수현에 대해서는 어느 정도 듣고 있어 알고 있었는데, 지금 노래를 직접 들으니 자신들이 듣던 것과 전혀 딴판이지 않은가. 더욱이 오래 전부터 보컬 트레이닝을 받은 것도 아니고 그저 톱 스타 최유진의 경호원이었다가 우연한 기회에 모델로 발탁이 되어 이름을 알리고 있는 정도로만 알고 있었는데, 그게 아니었다.

자신들이 직접 확인한 수현은 그저 우연한 기회에 이름을 얻은 그런 행운아가 아니라 실력을 겸비한 보석이었다.

"Step by step ooh baby……."

자신을 평가하고자 앞에 앉아 있는 심사위원들이 어떤 생각을 하는지도 모르고 수현은 열심히 음악 반주에 맞춰 노래와 춤을 추었다.

"와! 저 형 뭐냐!"

윤호는 어제와 또 다른 수현의 실력에 감탄을 하였다.

"그러게, 저 형이 노래는 모르겠지만 춤을 저렇게 잘 췄나?"

노래 평가를 마치고 수현의 노래를 지켜보던 연습생들은 두 눈을 동그랗게 뜨며 놀라워 하였다.

노래야 수현은 개인 교습을 받았기에 모르고 있었지만,

춤은 함께 연습실에서 김종한 트레이너에게 교습을 받았기에 잘 알고 있었다.

매일 지적을 받으면서도 별반 달라지지 않는 수현으로 인해 이들도 함께 혼나기도 많이 혼났다.

그런데 지금 보이는 것은 그게 아니었다.

어제 함께 교습을 받았을 때까지만 해도 가수나 아이돌로 데뷔하기는 힘들다고 역시 낙하산이라고 생각을 했는데, 불과 하룻밤 만에 사람이 바뀌어 있었다.

"너 도대체 어제 뭔 짓을 한 거냐? 뭘 했기에 저 형 춤이 저렇게 발전을 한 거야?"

연습생 중 윤호와 친한 박정수가 물었다.

하지만 윤호라고 뭘 알겠는가. 자신이 별로 가르쳐 준 것도 없는데 갑자기 잘 하게 된 것을.

"저도 몰라요. 어제 브레이킹을 가르쳐 달라고 해서 기본 동작하고 연결 동작으로 한 번 시범을 보였던 것뿐인데, 바로 따라 하더라고요."

윤호는 어제 그렇게 놀랐으면서도 오늘 보니 또 실력이 어제 보다 더 늘어난 것을 보며 놀라워했다.

춤이란 것이 일단 어떤 계기가 주어지면 이전보다 확 향상이 되기는 하지만 수현의 변화는 그런 것으로 설명하기에는 말도 되지 않았다.

연습생들이 수현의 춤과 노래에 경악을 하며 저희들끼리

떠들고 있을 때, 수현의 노래가 끝났다.

노래 평가가 끝나자 이번에는 단체 안무 평가가 시작이 되었다.

아홉 명이 평소 댄스 교습을 받을 때 섰던 대형으로 자리를 잡았다.

그러자 이들의 댄스 트레이너인 김종한이 평소 연습을 시키던 음악을 틀었다.

쿵! 쿵! 쿵쿵쿵!

음악이 나오고 그에 맞춰 수현과 연습생들은 평소 연습을 했던 것처럼 춤을 추었다.

기본적으로 아이돌 그룹 안무에서부터 고난이도의 비보잉까지 여러 가지를 심사하였다.

그리고 모든 평가가 끝나고 수현과 연습생들은 결과를 기다렸다.

Chapter 8

아이돌로 선발되다

킹덤 엔터는 차세대 아이돌 그룹을 선발하기 위해 뽑아 놓은 예비 멤버들 중 몇 명을 추려 데뷔 그룹으로 확정을 지으려 통보도 하지 않고 기습적으로 선발 평가를 감행했다.

이는 예비 멤버들이 그 동안 얼마나 착실하게 준비를 했는지 평가를 하는 의미도 있었고, 또 다른 한편으로는 이렇게 갑자기 불시에 평가를 해야 위기 대처 능력을 얼마나 가지고 있는지 알 수 있었기 때문이다.

실제로 방송에서는 언제 어떤 상황에서, 돌발 상황이 발생할지 모른다.

그럴 때 어떻게 대처를 하느냐에 따라 스타로 발돋움 하는 이와 그렇지 않고 묻히는 이들이 판가름 난다.

스타로 떠오르는 이들은 대체로 이런 돌발 상황에서 순발력 있게 바로 대처를 하는데, 그렇지 못하는 이들은 그런 모든 것 불가피하게 일어난 사고라 해도 그게 그들의 능력으로 인식이 되어 대중들의 인식에서 멀어지게 된다.

그러니 연예 기획사를 운영하는 입장에서 양성하는 연습생들에게 이런 돌발 상황에서의 대처 능력도 가르치고 싶지만, 그게 쉬운 일이 아니다.

위기 상황에서의 대처 능력은 대체로 타고나야 하는 것이지 연습을 한다고 해서 되는 일이 아니기 때문이다.

물론 아주 여러 번 훈련을 하면 어느 정도 향상은 되겠지만 그것에는 한계가 있으며, 어떤 돌발 상황이 발생할지 모르는 상황에서 그런 경우의 수까지 모두 훈련을 시킨다는 것은 비용 측면에서 연예 기획사에서 부담이 되는 일이기에 배제를 시킨다.

그런 것까지 훈련을 시킬 예산이라면 차라리 다른 차기 그룹을 준비시키는 것이 더 싸게 먹힐 정도로 방송에서 돌발 상황에 대한 경우의 수가 너무도 많기 때문이다.

다만 킹덤 엔터에서는 지금처럼 기습적인 돌발 상황을 만들어 연습생들의 대처 능력을 면밀히 살펴 데뷔할 수 있는 준비가 되었는지 판단하는 자료로 사용한다.

스타라이프

이 때문에 춤이나 노래 실력은 뛰어나나 데뷔를 하지 못하고 예비 멤버에서 탈락하는 이들이 종종 있었다.

그 대표적인 사람이 바로 처음과 두 번째로 노래를 불렀던 조원과 임진운이었다.

두 사람은 전에도 아이돌 그룹에 뽑힐 뻔한 적이 있었다.

하지만 두 사람은 아쉽게도 돌발 상황에서 대처를 제대로 하지 못하고 실수를 하는 바람에 제 실력을 다 보여주지도 못하고 탈락을 하게 되었다.

그런데 오늘 있었던 평가에서는 두 사람 모두 한 번 경험이 있어 그런지 안정적인 보컬 실력을 유감없이 발휘를 하였다.

그렇다고 그 뒤로 평가를 받은 이들이 제대로 된 실력 발휘를 하지 못한 것도 아니었다.

자신들의 준비가 철저하다고 믿었는지, 아니면 자신들의 실력이라면 충분히 차기 아이돌 그룹으로 데뷔할 만하다 믿었는지는 모르겠지만 아무튼 오늘 평가를 받은 연습생들은 모두 충분히 자신들의 실력을 회사 사장인 이재명과 여러 중역들 그리고 킹덤 엔터에서 데뷔를 한 기성 가수들 앞에서 보여주었다.

그래서 그런지 평가를 받기 전까지만 해도 연습생들이 긴장감으로 초조한 모습을 보였던 것과 다르게 평가가 끝나고 나니 오히려 이들을 평가한 이재명과 킹덤 엔터의 중역들 그리고 기존 가수들의 고민이 늘었다.

그 때문에 보통 금방 합의를 끝내고 멤버를 발표하는데, 오늘은 멤버를 뽑는데 회의가 길어지고 있었다.

＊ ＊ ＊

"하, 이거 누굴 뽑아야 할지 고민이군!"

이재명은 자신의 앞에 놓인 평가표를 보며 중얼거렸다.

오늘 평가를 받은 아홉 명의 점수들이 종합 1~2점 차이 정도밖에 나지 않았기 때문이다.

즉, 아홉 명 모두 아이돌로 데뷔를 시켜도 충분한 실력을 가지고 있다는 소리였다.

더욱이 전에 한 번 탈락을 했던 조원과 임진운의 경우에는 조금 부족하다 평가했던 돌발 상황에서 당황하지 않고 자신의 페이스를 유지하는데 성공을 하면서 평가한 연습생 중 상위권에 자리하였다.

그 때문에 많은 간부들이 그 둘에게 많은 점수를 주었고, 이재명도 그 둘에게 후한 점수를 줘 차기 데뷔 멤버로 낙점을 주었다.

현재 회의를 하는 이들은 지금 배부른 고민을 하고 있는 중이다.

실력들이 너무 좋아 누굴 떨어뜨리고 누굴 남기고 할 것

없이 모두 실력들이 좋았기 때문이었다.

그렇다고 아홉 명 모두를 합격시켜 그룹으로 묶자니 그건 또 뭔가 조화가 이뤄지지 않았다.

"김 상무!"

"예, 사장님!"

"자네 생각에는 누굴 뽑아야 한다고 생각하나?"

이재명은 쉽게 결정하기가 힘들어 자신의 옆자리에 앉은 김재원 상무를 불러 물었다.

"음, 솔직히 저도 누굴 뽑아야 할지 결정하기가 어렵습니다."

김재원은 이재명 사장의 질문에 그 또한 연습생들의 실력이 뛰어나 결정을 할 수 없음을 토로하였다.

그리고 그건 두 사람만 그런 것이 아니라 이 자리에 있는 다른 사람들도 모두 같은 생각이었다.

"이거 데리고 있는 연습생들의 실력이 너무 뛰어나 이런 고민을 하게 만들다니… 이걸 좋아해야 할지, 아니면 싫어해야 할지 알 수가 없군!"

말을 하는 이재명의 입가에는 기분이 좋아 그런지 입 꼬리가 살짝 올라가 있었다.

그리고 그건 이 자리에 있는 킹덤 엔터에 속한 중역들 전부 같은 모습이다.

"사장님!"

이재명과 중역들이 누굴 뽑을까 고민을 하고 있을 때, 회의실 말석에 앉아 있던 누군가 이재명을 불렀다.

"응, 주아야! 무슨 할 말이 있어?"

이재명은 자신을 부르는 소리에 고개를 돌렸다.

그곳에는 킹덤 엔터의 간판 여가수인 주아가 자신을 주시하고 있었다.

"굳이 몇 명을 뽑을 필요 없이 모두 데뷔를 시키면 되지 않을까요?"

주아는 실력들이 고만고만한 상태에서 굳이 몇 명을 뽑아 데뷔를 시키기 보단 모두 뽑아 데뷔를 시키는 것도 나쁘지 않다고 생각했다.

"물론 실력만 보면 모두 데뷔를 시켜도 될 정도로 실력들이 뛰어나지만, 너도 느끼고 있겠지만 그들을 한 그룹으로 묶으면 뭔가 그림이 되지 않아!"

이재명은 자신도 아홉 명을 한 그룹으로 묶어 데뷔를 시키는 것도 생각을 해보았다.

하지만 그림이 제대로 완성이 되지 않고, 뭔가 불안정하고 위화감이 들어 결정을 내리지 못했다.

"굳이 그들을 하나의 그룹에 묶을 필요 없잖아요."

"응? 그건 또 무슨 말이지?"

이재명은 주아가 하는 말이 쉽게 이해가 가지 않아 물었다.

스타라이프

그의 머릿속에도 뭔가 떠오르는 것이 있었지만, 구체적인 그림이 그려지지 않아 다시 물었다.

"어떻게 한다는 것인지 자세히 설명을 해볼래?"

이재명은 뭔가 느낌이 있어 주아를 보며 재촉을 하였다.

그런 이재명 사장의 물음에 주아는 자신이 생각한 바를 들려주었다.

"오늘 노래하는 것을 들어보니 인원은 아홉 명이었지만 두 팀이나 세 팀 정도로 나누면 그림이 그려질 것 같던데요."

주아는 자신이 평가를 하면서 그려보았던 그룹에 대해 이야기 하였다.

그런 주아의 말에 이재명을 비롯한 킹덤 엔터의 중역들은 눈을 감고 조금 전 평가를 되짚어 보았다.

그러자 어떤 그림이 머릿속에 그려졌다.

'음… 그렇지! 굳이 차기 그룹을 하나만 고집할 필요가 없었지.'

이재명은 주아의 이야기에 자신이 그동안 고정관념에 빠져 있었다는 것을 깨달았다.

굳이 하나만 데뷔를 시킬 필요는 없었다.

그런데 자신은 하나의 그룹만 데뷔를 시켜야 한다는 고정관념에 빠져 있었던 것이다.

하지만 주아의 이야기를 듣고 그럴 필요가 없다는 것을 깨닫게 되었다.

그러자 그동안 자신의 판단을 가렸던 안개가 걷히는 것을 느꼈다.

그러면서 머릿속에 차기 그룹을 어떻게 꾸릴 것인지 그려지기 시작했다.

'아이돌 그룹이라고 해서 모두 댄스 그룹으로만 꾸릴 필요는 없었어!'

한 가지가 해결이 되자 다음은 술술 풀리기 시작했다.

"아주 좋아! 주아야! 고맙다."

이재명은 고민거리가 해결이 되자 바로 주아를 보며 감사의 말을 하였다.

"뭘요. 저도 킹덤 엔터의 일원으로써 할 말을 한 것뿐인데요."

주아는 사장인 이재명이 자신을 칭찬하자 얼굴을 붉히며 작게 대답을 하였다.

주아의 말이 끝나고 이재명은 자신의 앞에 놓인 이력서를 분류하기 시작했다.

그리고 분류가 끝나자 그것을 자리에서 발표를 하였다.

"우선 조원, 임진운, 정창민, 이소웅을 하나의 그룹으로 묶고, 그들은 여기 김재원 상무가 담당을 하여 데뷔 준비를 해주시기 바랍니다."

이재명은 노래 평가를 할 때, 대체적으로 발라드나 팝 발라드 곡을 불렀던 이들을 한데 묶어 그룹을 만들었다.

그리고 이들을 상무이사인 김재원에게 맡겼다.

하나의 데뷔를 시킬 가수나 배우가 정해지면, 그를 담당할 이사과 팀이 꾸려진다.

그런데 이재명은 이례적으로 상무이사인 김재원을 지명했다.

보통 아이돌 그룹을 데뷔시킬 때면 보통 이사나 아니면 실장 정도에 맡기고 어느 정도 명성이 오르고 안정이 되면 그때부터 본격적으로 투자를 하면서 보다 직급이 높은 상무이사나 전무이사가 관리를 한다.

이런 시스템은 한 해에도 수십에서 수백의 신인 가수나 배우들 또는 아이돌이 데뷔를 하기에 이들 중 성공을 거두는 이는 몇 없는 현실에서 비롯된 것이다.

그러다 보니 처음부터 과감하게 투자를 할 수 있는 것이 아니었다.

괜히 과도하게 투자를 했다가 제값을 하지 못한다면 그 모든 것이 회사의 부담으로 돌아오기 때문이다.

더욱이 담당하던 연예인이 실패를 하면 담당자에게도 대미지가 돌아오기에 회사에 어느 정도 자리를 잡은 이사들은 위험을 무릅쓰고 신인을 맡으려 하지 않았다.

그런 관계로 실장이나 이사들이 신인을 담당하는 것도 킹덤 엔터가 아닌 다른 기획사 같은 경우에는 찾아보기 힘들었다.

하지만 킹덤 엔터는 그만큼 확실한 실력을 가진 연습생만 추려 데뷔를 시키는 것이기에 실장이나 이사급에서 처음부터 담당해 방송국 등을 푸시 할 수 있는 것이다.

킹덤 엔터의 신인은 그만큼 성공 확률이 높기에 실장이나 이사급에서도 회사의 방침에 이의를 두지 않았다.

"그런데 사장님!"

김재원은 새로 데뷔를 할 그룹이 정해지고 그 중 하나를 자신이 담당하게 된다는 것에 조금 걱정이 섞인 목소리로 이재명을 불렀다.

"네! 말씀하세요."

"한 번에 두 개의 그룹을 데뷔시키겠다는 말씀이십니까?"

주아의 말을 듣고 김재원도 그러면 좋겠다는 생각은 했지만 한꺼번에 두 개의 그룹을 데뷔시키겠다는 생각은 아니었다.

우선 하나의 그룹을 데뷔시켜 반응이 좋으면 다시 남은 한 그룹을 데뷔시키는 순차적인 데뷔를 생각했지, 한꺼번에 두 그룹을 데뷔시킬 것이라고는 생각지 못했다.

아무리 킹덤 엔터라도 신인 아이돌 그룹을 성공시키기 위해선 총력전을 펼쳐야 하기 때문이다.

그런데 한번에 두 개 그룹을 동시에 데뷔를 시킨다니, 김재원의 상식으로는 성공보다는 실패할 확률이 높다 판단이 되었다.

"네, 여력이 됩니다. 그리고 하나는 이미 마스터플랜이 짜여 있으니 김 상무가 담당하는 이들만 제대로 플랜을 짜 보세요. 홍보부에 이야기해서 제대로 밀어주라고 지시할 테 니."

이재명은 입가에 미소를 지으며 자신 있게 대답을 했다.

이재명 역시 김재원 상무가 걱정하는 것이 무엇인지 알고 있기에 자신 있게 대답을 할 수 있는 것이었다.

신인 아이돌 그룹을 데뷔시키는 것은 처음부터 돈이 크게 작용을 한다.

그런데 현재 킹덤 엔터에는 하나의 아이돌 그룹을 데뷔시 킬 예산만 책정되어 있는 상태다.

그렇기에 김재원이 두 개의 그룹을 동시에 데뷔를 시키겠 다는 이재명의 말에 의문을 가졌던 것이다.

하지만 이재명에게는 그 예산 말고 또 다른 자금이 있었다.

그것은 바로 최유나가 수현에 투자를 한 자금이다.

그 자금은 킹덤의 아이돌 그룹 데뷔와는 전혀 상관이 없 는 예산이었고, 수현이 아이돌 그룹에 합류를 하게 되면 그 그룹의 홍보에 사용할 수 있는 근거가 마련이 된다.

물론 최유진과 한 계약을 새로 고쳐야 하겠지만 그건 충 분히 가능성이 있는 문제였기에 이재명에게 하등 고려해야 할 상황이 아닌 것이다.

최유진이라면 자신의 판단에 찬성을 해줄 것이란 믿음 가지고 있기에 할 수 있는 생각이었다.

"따로 투자 받으신 것이 있습니까?"

김재원은 살짝 의심을 하며 물었다.

혹시나 이사들 몰래 따로 투자를 받은 것인지 물은 것이다.

"네, 투자를 받은 예산이 있습니다. 다만 그건 이번 그룹 결성에 대한 투자가 아니라 개인에 대한 투자였지만……."

이재명은 질문에 답변을 하다 말고 뒷말을 살짝 흐렸다.

괜히 더 나아갔다가는 최유진과 수현에 대한 관계가 이사들에게 알려질 위험이 있었기 때문이다.

이재명 본인도 아직 확실한 근거를 잡지 못한 의심이었는데, 그런 것을 이 자리에서 밝히는 것은 아니란 판단에 그런 것이다.

"개인적인 투자요?"

김재원은 이재명의 답변을 들었지만 의문점이 해결된 것이 아니었기에 되물어 볼 수밖에 없었지만, 그 질문에 이재명은 답변을 하지 않았다.

"그건 투자자의 요구로 답변을 해줄 수 없지만, 일단 이번에 뽑힌 연습생 중에 한 명에게 투자가 들어왔습니다."

이재명은 모호하게 연습생 중 한 명에게 투자가 들어왔다고만 말을 하고 언급을 피했다.

"그 때문에 우선 투자자와 다시 만나 변경 절차를 거쳐야 하겠지만 충분히 가능할 겁니다. 그러니 그런 것은 걱정하시지 마시고, 맡은 그룹을 성공시킬 플랜을 빠른 시간에 올려주시기 바랍니다."

이재명은 얼른 자신의 할 말만 하고는 김재원이 더 이상 언급하는 것을 막았다.

*　　　*　　　*

조금 전, 마지막 단체 안무 평가.

음악이 멈추고, 음악에 맞춰 춤을 추던 연습생들은 모두 마지막 포즈를 취했다.

짝짝짝!

연습생들이 춤을 마무리하자 이를 지켜보던 이재명을 비롯한 심사위원들이 박수를 쳤다.

그러자 포즈를 취하고 있던 연습생들과 수현은 얼른 자세를 바로하고 고개를 숙이며 인사를 하였다.

이로써 기습 평가가 모두 마무리되었다.

이제 결과만 남았기에 누가 차기 킹덤 엔터의 아이돌 그룹에 선발이 되고 또 누가 탈락이 될지는 결과만 남아 있었다.

"하아! 하아!"

"후우! 후우!"

방금 격렬한 댄스를 췄기에 연습생들은 하나 같이 숨을

가쁘게 몰아쉬었다.

하지만 그들의 표정은 무척이나 긴장으로 굳어 있었다.

"모두 수고했다. 결과는 회의가 끝난 뒤 통보를 해줄 것
이니 그만 올라가 쉬어라!"

댄스 트레이너인 김종한은 긴장하고 있는 연습생들을 보
며 이야기했다.

심사를 하던 이재명 사장과 중역들은 모두 지하 대 연습
실을 빠져나간 뒤였기에 조금 전과 다르게 연습실은 무척이
나 휑했다.

저벅! 저벅!

김종한도 연습생들에게 통보만 하고 자리를 떠났고, 그가
나가자 연습생들과 수현도 지하 연습실의 불을 끄고 나갔
다.

"누가 뽑힐까?"

연습실을 빠져나와 복도를 걷던 박정수가 친구인 정창민
에게 작게 속삭이며 물었다.

비록 아주 작은 목소리로 물어보았지만 지금 걷고 있는
곳이 지하 복도이고 또 무척이나 예민해져 있는 상태였기에
이 질문을 듣지 못한 사람은 아무도 없었다.

"하! 나도 모르겠다."

질문을 받은 정창민은 한숨을 쉬며 작게 중얼거렸다.

그도 그럴 것이, 본인도 실수 없이 잘했다 생각은 하지

만, 그렇다고 다른 연습생들이 실수를 하거나 한 것도 아니기 때문이다.

즉 자신만 잘한 것이 아니라, 오늘 평가를 받은 모두가 최고의 기량을 보이며 자신의 끼를 유감없이 발휘하였다.

그래서 그런지 정창민도 솔직히 자신이 없었다.

특히나 자신보다 먼저 노래를 불렀던 조원과 임진운은 다른 사람들 보다 조금 더 뛰어난 보컬 실력을 가졌고, 이는 이 자리에 있는 모두가 인정을 하는 사실이다.

그런데 예비 멤버들이 연습하는 연습실에 합류한 지 이제 겨우 두 달도 되지 않은 수현이 그런 실력을 가지고 있을 것이라고는 상상도 못했다.

나이는 자신보다, 아니 연습생들 중 가장 나이가 많았으며, 들리는 소문에 의하면 아이돌이 아닌 연기자 지망생으로 알고 있었는데, 오늘 보니 그게 아니었다.

지금까지 자신이 연습실에서 보아오던 것과는 하늘과 땅만큼이나 차이가 나는 엄청난 실력이었다.

실제로도 조원이나 임진운에 못지않은 노래 실력을 보여주었으며, 춤도 몇 년씩 연습생 생활을 하면서 배웠던 자신들에 전혀 못지않았다.

더욱이 수현이 불렀던 노래는 팝송이었다.

아이돌이 되기 위해 연습생을 하는 입장에서 그게 뭐 대단하다고 말하긴 그렇지만 창민이 주목한 것은 팝송을 불렀다는 것이 아니라 발음이 너무도 정확했다는 것이다.

눈을 감고 들으면 영어를 모국어로 쓰는 가수가 노래를 부르는 것처럼 너무도 정확한 발음이었다.

어떻게 보면 그게 뭐 대단한 것이냐고 말을 할 수도 있지만, 요즘 한국의 가요 시장에선 무척이나 중요하게 작용할 수 있는 커다란 무기다.

한국 가요는 이제 한국만의 노래가 아닌 K—POP이라 하여, 대한민국이 자리한 아시아 지역만이 아닌 전 세계적으로 유행을 하고 있다.

물론 미국의 POP처럼 그냥 자체로 세계적인 것은 아니고 일부 연령층에 자리하고 있기는 하지만 그래도 아시아를 건너, 유럽과 북아메리카와 중남미에도 두루 K—POP 매니아들을 양성하며 인기몰이를 하고 있었다.

그러니 세계 공용어나 마찬가지인 영어를 잘한다는 것은 그만큼 큰 무기가 될 수 있다는 소리다.

그리고 이런 생각은 창민 혼자만의 생각이 아니었다.

함께 복도를 걷고 있지만 연습생들은 수현의 옆모습을 힐끗힐끗 쳐다보았다.

수현도 이런 연습생들의 시선이 느껴졌지만 아무런 소리 하지 않고 걸었다.

덜컹!

자신들에게 주어진 연습실에 돌아온 연습생들과 수현은

연습실에 들어왔지만 막상 뭘 해야 할지 몰랐다.

"뭘 하지?"

평소라면 누가 시키지 않아도 연습실에 도착을 하면 간단하게 스트레칭을 하고 인원이 모이면 음악을 틀고 춤 연습을 하였다.

그런데 오늘은 최종 선발도 끝나고 했으니 막상 연습실에 돌아오니 어떤 것을 해야 할지 갈피를 잡을 수가 없었다.

댄스 트레이너인 김종한도 그저 돌아가서 결과를 기다리라고만 하였기에 막상 연습실 돌아와 어떻게 해야 하나로 고민을 하게 되었다.

"잠시 기다려봐!"

모두 당황하고 있을 때, 그래도 가장 연장자인 수현이 이들에게 말을 하고 연습실을 빠져나갔다.

＊　　　＊　　　＊

수현은 연습실을 빠져나와 관리부로 갔다.

연습생들의 스케줄을 관리하는 곳이니 그곳에 가서 자신들이 뭘 해야 할지 물어보려는 것이다.

하지만 관리부에 물어보러 갔지만 간부들이 보이지 않았다.

어느 정도 직책이 있는 간부들은 이재명 사장을 따라 회의를 하러 갔기에 관리부에 남은 사람이라고는 몇 명 없었다.

"저……."

"무슨 일이지?"

관리부에 남아 있던 직원 중 한 명이 수현의 질문에 무슨 일로 왔는지 물었다.

"방금 평가가 끝났는데, 지금 뭘 해야 할지 몰라 물어보러 왔습니다."

"아!"

수현의 질문을 받은 직원은 수현이 무엇 때문에 온 것인지 깨닫고 대답을 해주었다.

"회의가 길어질 것 같으니 일단……."

직원을 이야기를 하다 말고 시계를 돌아보았다.

그리고 벌써 오후 한 시를 넘어가고 있는 것을 확인하고 말을 하였다.

"너희 점심도 못 먹었을 테니, 일단 밥이나 먹고 와라!"

수현도 갑자기 평가를 받는다고 느끼지 못했지만, 직원의 말을 들으니 살짝 허기가 졌다.

"아, 네 알겠습니다."

수현은 대답을 하고 사무실을 나와 연습실로 돌아갔다.

그리고 그때까지도 뭘 할지 몰라 우왕좌왕하고 있는 연습생들에게 조금 전 관리부 직원에게 들었던 이야기를 하였다.

하지만 수현의 말에도 연습생들은 쉽게 자리를 뜨지 않았다.

조금 전 평가를 받으면서 긴장을 하는 바람에 배가 고픈지 그렇지 않은지 느껴지지 않았기 때문이다.

그런 연습생들의 모습에 수현은 억지로 그들을 데리고 회사를 나왔다.

*　　　*　　　*

"정말 아무거나 먹어도 되요?"

조원은 조심스럽게 수현에게 물어보았다.

"그래, 오늘은 내가 점심을 사줄 테니 먹고 싶은 것 아무거나 골라!"

어제 오윤호와 신발을 고르고 저녁도 먹으면서 많은 이야기를 했다.

그러면서 현재 자신에게 회사가 얼마나 파격적으로 혜택을 주고 있는지 알게 되었다.

사실 킹덤 엔터는 연습생에게 연습생으로서의 일 외에 따로 아르바이트를 금지하고 있었다.

그렇기 때문에 스무 살이 넘는 임진운이나 정창민 그리고 박정수까지도 회사에서 주는 작은 용돈 외에는 사실 수입이 아무것도 없었다.

그러다보니 집에서 지원을 받지 않으면 연습생 생활을 할 수도 없는 입장이다.

그에 반해 수현은 모델로 활동을 하고 또 종종 방송 스케줄을 하면서 한 달에 천만 원 가까운 돈을 벌고 있었다.

물론 수현이 오윤호나 지금 질문을 한 조원과 같이 아이돌이 되기 위해 회사에 매여 있는 연습생과는 사정이 다르지만 그래도 연예 기회사인 킹덤 엔터에서 자신은 특별 케이스라는 것을 깨달았다.

그러면서 회사에서 자신을 아이돌을 양성하는 팀에 넣고 또 예능이기는 하지만 공중파 정규 프로에 꽂은 것을 보면 자신에게 상당한 기대를 하고 지원을 한다는 것도 알게 되었다.

윤호의 말에 의하면 그 정도로 회사에서 지원을 한다는 것은 근시일내에 방송에 정식으로 데뷔를 시키기 위한 절차라는 말을 들었다.

그런 윤호의 말에 수현은 며칠 전에 촬영을 했던 도전! 드림팀 시즌3 멤버 선발전이 생각이 났다.

아직 방송에 나가려면 몇 달 더 있어야 하지만 방송이 나간다면 그게 수현의 방송 데뷔라 할 수 있었다.

이런 생각이 들자 또 다른 의문이 들었다.

최윤진과 이소진에게 듣기론 자신은 연기자로 데뷔를 할 것이라 들었다.

다만 이름을 알리기 위해 예능을 먼저 출연하게 된 것이라고 들었는데, 아이돌 그룹 선발을 하는 평가에 자신까지 포함이 된 것은 이해가 가지 않았기 때문이다.

'뭐지?'

회사에서 자신에게 어떤 것을 원하는 것인지 헷갈리기 시작했다.

아이돌인지 아니면 최유진에게 들었던 것처럼 연기자를 원하는 것인지 갈피를 잡을 수 없었다.

연장자인 수현이 한턱 쏘기로 하고 연습생들을 모두 데리고 점심을 먹으로 나갔지만, 연습생들은 생각보자 제대로 먹질 못했다.

처음 너스레를 떨었던 조원 까지도 그런 것은 마찬가지였다.

그도 그럴 것이 자신의 미래가 걸린 일이 지금 회사 간부들의 결정으로 판가름이 나기 때문이다.

더욱이 그는 이미 한 번 예비 멤버로 선발이 되었었다가 탈락한 경험도 있었기에 더욱 불안했다.

수현이 점심을 사겠다고 했을 때, 다른 연습생들과 다르게 너스레를 떨었던 것도 사실은 자신의 불안감을 다른 사람에게 들키지 않기 위해 그랬던 것이지, 정말로 마음이 편해져 그런 것은 아니었다.

실제로도 조원을 비롯한 연습생들은 수현이 사주는 점심을 먹는 둥 마는 둥 하며 깨작거리다 수현의 식사가 끝나자 자리에서 일어났다.

"내키지 않으면 억지로 먹지 마라! 억지로 먹으면 탈난다."

몸이 재산인 연예인을 꿈꾸는 연습생이다.

괜히 몸에 탈이라도 나면 큰일이기에 수현은 깨작거리고

있는 그들에게 조언을 하였다.

"네, 형! 저희 생각해서 점심도 사주셨는데… 죄송해요."

박정수는 얼른 수현에게 사과를 하였다.

"아니야! 다들 잘 했으니 사장님이나 이사님들도 잘 알아서 해주실 거야!"

수현은 자신의 말이 이들에게 위로가 되지 않을 것을 알지만, 현재 자신이 해줄 수 있는 말이 이것뿐이었기에 그렇게 말을 해주었다.

"네!"

"어차피 오늘 기습 평가를 했으니 연습은 더 없을 것 같으니 일단 들어가서 결과 들어보고 어떻게 할지 결정을 하자!"

비록 가장 합류한 기간이 짧은 수현이었지만 이중에서 가장 연장자이고 또 보유하고 있는 카리스마 스탯의 영향 때문인지 어느 누구도 수현의 말에 감히 토를 달지 않고 그대로 따랐다.

"네!"

"알겠습니다."

"그렇게 하는 것이 좋겠네요."

연습생들은 수현의 말에 수긍을 하고 자리에서 일어났다.

"이모! 여기 얼마예요?"

수현은 얼른 계산대가 있는 카운터로 가서 카드를 내밀었다.

예전에는 이럴 땐 현금으로 지불을 했었는데, 킹덤 엔터와 계약을 한 뒤로는 세금 문제로 카드가 편하다는 조언을 듣고 그 때부터 계산할 일이 있으면 카드로 결제를 하고 있었다.

그렇게 점심을 해결하고 돌아오는 길에 수현은 카페를 들려 아직도 심각한 표정을 하고 있는 연습생들에게 음료를 하나씩 안겼다.

이럴 땐 다른 것 보다 달달한 음료가 스트레스를 푸는데 도움이 된다는 소리를 어디서 읽은 것 같아 그렇게 한 것이다.

실제로도 그런지 음료를 마신 연습생들의 표정이 조금은 밝아진 것도 같았다.

*　　　*　　　*

"솔직히 밥은 너무 긴장을 해서 그런지 체할까봐 먹질 못하겠는데, 이건 잘 넘어가네요."

조금은 시끄럽게 떠들며 연습실에 도착한 오윤호는 연습실 문을 열고 안으로 들어갔다.

덜컹!

"어?"

안으로 들어가던 오윤호는 갑자기 안에 누군가 있는 모습을 보고 깜짝 놀라 제자리에 멈췄다.

"뭐야! 왜 안 들어가?"

오윤호의 바로 뒤를 따라 연습실로 들어가던 김성민이 무심코 뒤를 따르다 윤호의 머리에 코를 부딪치자 타박을 하며 물었다.

그리고 그건 말은 하지 않았지만 윤호가 걸음을 멈추는 바람에 뒤따르던 다른 사람들도 정체가 되어 연습실 안으로 들어가지 못하게 되자 모두 조금 짜증이 나는 눈빛으로 윤호를 쳐다보았다.

연습실 안에 있는 누군가의 정체를 확인하고 하지만 윤호는 뒤에서 물어보는 연습생들의 물음에 대답을 할 생각도 하지 못한 채 자신도 모르게 소리쳤다.

"사, 사장님!"

"뭐? 사장님? 사장님이 여기 왜 오시냐!"

윤호가 놀라 소리친 것을 자신들의 물음에 대답을 한 것이라 생각한 성민이 윤호의 등을 밀며 연습실 안으로 들어갔다.

"어!"

그런데 윤호를 밀치고 연습실 안으로 들어서던 성민 또한 윤호가 본 것을 보았는지 놀라 감탄성을 하였다.

"어서 들어와라!"

"네, 네!"

연습실 안에서 이재명 사장의 목소리가 들리자 그제야 방금 전 윤호가 농담을 한 것이 아니란 것을 깨달은 연습생들이 서둘러 자신들의 연습실 안으로 들어왔다.

"점심들 먹고 오는 것이냐?"

이재명 사장은 연습실 안으로 들어오는 연습생들의 모습을 확인하고 그렇게 물었다.

"예!"

"네!"

연습생들은 사장인 이재명의 물음에 큰 소리로 대답을 하였다.

"작게 대답해도 다 들린다."

"예."

"그래, 그럼 다들 점심은 잘 먹었고?"

분명 오늘 평가를 받은 이들의 심정을 잘 알 것이면서도 이재명은 이들을 약을 올리듯 자신이 무엇 때문에 여기에 온 것이지 알려주지는 않고 계속 시간만 죽이고 있었다.

하지만 어쩌겠는가, 이들은 힘없는 연습생이고 상대는 이 회사의 사장인데. 이재명이 하는 대로 그냥 따라갈 수밖에 없었다.

"잡담은 여기까지 하고, 너희에게 할 말이 있어 내가 직접 왔다."

"꿀꺽!"

이재명의 말이 떨어지기 무섭게 여기저기서 침 넘어가는 소리가 들렸다.

이재명은 그런 것에 신경 쓰지 않고 발표를 하였다.

"우선 정창민, 임진운, 이소웅, 조원 이 네 사람은 김재원 상무에게 가봐라! 김재원 상무가 너희 데뷔에 대한 것을 알려줄 것이다."

이재명 사장은 우선 보컬 팀으로 데뷔시킬 멤버 네 명을 호명했다.

그러자 연습생들 사이에서 희비가 갈렸다.

조금 전까지만 해도 똑같은 연습생이었는데, 호명을 받은 사람은 다음 데뷔가 확정된 그룹이라 생각을 하니 호명이 되지 않은 이들의 표정이 굳어진 것이다.

그와 반대로 호명이 된 연습생은 자신이 선발된 것에 무척이나 기뻤지만 함께 동거동락 했던 다른 멤버들이 떨어진 것에 대한 미안함 때문에 그 기쁨을 겉으로 드러내지 못해 요상한 표정이 되었다.

"호명된 사람은 어서 김재원 상무에게 가봐! 김재원 상무는 3층 회의실에 있을 것이니 거기로 가면 된다."

이재명 사장은 호명된 사람을 연습실 밖으로 내보내고 남은 수현과 연습생 네 명의 얼굴을 돌아보았다.

'역시 다르군!'

수현을 비롯한 남은 네 명의 연습생들의 표정을 살피던

스타일라이프

이재명은 그렇게 속으로 판단을 하였다.

자신의 예상대로 연습생 기간을 오래한 이들은 모두 호명을 받지 못해 데뷔가 무산된 것으로 생각해 침울한데 반해 수현은 그 어떤 표정도 나타나 있지 않았다.

어차피 출발 지점이 다르니 그럴 수 있다는 생각이 들기도 했지만, 또 다르게 보면 그게 아니라 무척이나 대범해 보이는 것이 이재명의 판단을 흐리게 하였다.

"너무 그렇게 낙심한 표정할 것 없다."

"네?"

느닷없는 이재명 사장의 말에 침울해 있던 연습생들은 고개를 들고 의아한 표정으로 그를 보았다.

"나와 이사들은 이번에 너희들의 실력을 보고 깜짝 놀랐다."

이재명은 조금 전 잡담을 하던 것과 다르게 뭔가 흥분한 것 같은 표정으로 열변을 토했다.

"그래서 너희 모두를 데뷔시키기로 결정을 하였다. 다만 조금 전 호명을 하지 않은 것은 이번에 데뷔할 그룹이 하나가 아니라 둘로 나눠 데뷔를 하기 때문이다."

"네? 그게 정말인가요?"

자신들도 데뷔를 할 것이라는 이재명의 이야기에 박정수가 소리치듯 물었다.

"그래, 조금 전 호명된 인원은 김재원 상무의 주도 아래 데뷔를 할 것이고, 너희도 한 팀이 되어 같은 날 데뷔를 할 것이다."

"그렇게 해도 되는 것인가요?"

한 회사에서 동시에 두 개의 아이돌 그룹을 데뷔시킨다는 것이 상식적으로 가능한 것인지 이해가 가지 않았다.

물론 두 개가 아니라 몇 개라도 여력이 된다면 그럴 수 있다고 해도, 회사의 역량이 분산된다는 점에서 성공 확률이 높지 않다는 생각이 들었다.

"물론 너희 모두를 자리에 올리는 것이 힘들다는 것은 모두 알 것이다."

이재명의 말에 박정수를 비롯한 연습생들이 모두 수긍을 하듯 고개를 끄덕였다.

그런 연습생들의 모습을 본 이재명은 계속해서 이야기를 하였다.

"하지만 회사에서도 너희의 실력을 확인했고, 가능성이 있다 판단을 하여 두 팀으로 데뷔를 시키기로 한 것이다. 그리고 그런 예가 아주 없는 것도 아니고."

그랬다. 대한민국 연예계에서 이런 경우가 아주 없는 것도 아니고, 또 성공한 예도 있었다.

PJY 엔터테인먼트, 국민들에게 대한민국 3대 기획사라 불리는 그곳에서 동시에 두 팀을 데뷔시켜 둘 다 성공을 시켰던 예가 있었다.

규모 면에서는 킹덤 엔터도 3대 기획사라 불리는 PJY나

MS엔터 그리고 JG엔터에 버금갈 정도로 거대한 기획사다.

다만 킹덤은 그들처럼 아이돌이나 가수들 위주가 아닌 배우나 연기자 위주의 기획사라는 점이 달랐지만, 킹덤 엔터도 꾸준히 인기 가수나 그룹을 키워내며 상당한 역량을 가지고 있었다.

비록 위험 부담은 있었지만 이재명은 이번 자신의 계획이 절대로 실패하지 않을 것이라 확신하였다.

아니 둘 중 하나는 꼭 성공을 시킬 자신이 있었으며, 바로 눈앞에 그 키를 쥐고 있는 존재가 자리하고 있었다.

더욱이 자신이 담당을 하려는 팀은 댄스 그룹이다.

비록 보컬이 약간 부족한 감이 없진 않지만, 그건 어디까지나 기존 가수들과 비교했을 때 일이지, 데뷔하는 아이돌 그룹을 놓고 보면 그렇지도 않았다.

이재명은 자신이 운영하는 회사에서 그렇게 호락호락 연습생을 키우지 않았다는 자부심이 있었기에 PJY엔터 말고 성공시킨 사례가 없는 아이돌 그룹 동시 데뷔를 감행하려는 것이다.

"너희들의 데뷔는 앞으로 두 달 뒤에 있을 것이니 지금까지와는 다르게 무척이나 바쁘게 진행이 될 것이다. 각오는 돼 있겠지?"

이재명은 자신의 할 말만 마치고 연습생들을 돌아보았다.

"저⋯⋯."

이재명의 말이 끝나기 무섭게 수현이 조심스럽게 손을 들었다.

"그래 무슨 할 말이라도 있나?"

수현이 손을 들자 이재명은 고개를 갸웃거리며 물었다.

그런 이재명 사장의 물음에 수현이 궁금한 점을 물어보았다.

"저도 아이돌 그룹으로 데뷔를 하는 것입니까?"

수현의 궁금한 것이 바로 이것이었다.

자신은 아이돌이 아닌 연기자로 알고 회사에서 알려주는 것들을 배웠다.

그런데 느닷없이 아이돌이라고 하니 놀란 것이다.

"음, 원래 계획은 그게 아니었지만 네가 너무 잘해줘서 이번에 회사에서 그런 결정을 내린 것이다. 물론 계획대로 연기도 할 것이니 그렇게 알고 있도록!"

"굳이 아이돌 가수를 해야 하는 것입니까?"

이재명의 대답을 들었지만 잘 이해가 가지 않아 자신이 아이돌이 되어야 하는지 다시 한 번 물었다.

그런 수현의 질문에 이재명이 다시 한 번 대답을 하였다.

그런데 이재명이 들려주는 말에 연습생들의 표정이 변했다.

"물론이다. 네가 빠진다면 여기 이 애들은 데뷔를 하지 못한다."

청천벽력 같은 이재명의 말에 수현은 황당한 표정을 지었고, 수현의 옆에 있던 연습생들은 얼굴이 창백해졌다.

만약 수현이 아이돌이 되기 싫다고 한다면 자신들의 연예계 데뷔가 무산된다는 소리이기 때문이다.

앞서 호명되어 나간 이들은 무조건 데뷔가 확정이 된 것이지만 지금 자신들은 수현의 결정에 따라 데뷔를 할 수 있거나, 아니면 또 다시 언제가 될지 모르는 기약 없는 내일을 기다려야만 했다.

"형! 그냥 저희와 함께 데뷔하면 안돼요?"

그동안 조용히 있던 성민이 수현의 팔을 붙잡으며 물었다.

그런 성민의 모습에 수현은 순간 당황하였다. 평소 조용한 성격인 성민이 이렇듯 적극적으로 나왔기 때문이기도 했지만, 잠시 이재명 사장이 하는 말을 생각하던 중이었기에 더욱 당황했다.

"그 그게……."

수현은 쉽게 대답을 하지 못하고 있는데, 윤호나 박정수 등의 연습생들은 간절한 표정으로 수현을 바라보았다.

그가 긍정적인 답변을 하길 바라는 마음에서 그런 것이다.

더욱이 박정수나 오대영 같은 경우 벌써 나이가 20대였다.

결코 적은 나이가 아닌 것이다.

만약 여기서 나이를 더 먹게 되면 다른 길을 찾던가 아니면 다른 연예 기획사를 찾아가야만 했다.

킹덤 엔터나 대형 기획사에는 양성하는 연습생이 100명이 넘어간다.

즉, 자원이 넘치는데 굳이 수명이 짧은 아이돌을 키우면서 나이가 많은 멤버를 들일 이유가 없는 것이다.

그럼에도 24살인 수현이 있어야 그룹을 데뷔시키겠다고 하는 이재명 사장의 결정이 조금 특이한 것이었다.

다만 이를 모르는 사람들이나 그렇게 생각을 하는 것이지, 이미 수현이 공영 방송인 KTV의 간판 예능에 고정이 예정되어 있다는 것을 알고 있는 사람이라면 비록 수현이 나이가 많아도 데뷔를 시키는 것에 태클을 걸지 않을 것이고, 실제로도 회의 시간에 이사들이 반대를 했을 때, 이재명은 이사들에게 수현에 관한 정보를 흘렸다.

그랬기에 이재명이 두 개의 아이돌 그룹을 데뷔시킨다는 엄청난 계획을 들고 나왔음에도 크게 반대를 하지 않고 안건을 통과시켰던 것이다.

만약 그렇지 않았다면 아무리 이재명이 킹덤 엔터의 수장이라 해도 이사들은 반대를 했을 것이고, 그렇게 되었다면 안건은 좌초가 되었을 것이 분명했다.

이재명은 자신이 어렵게 이사들을 설득해 이번 계획을 통과시킨 것도 있었기에 조용히 수현이 어떤 결정을 하는지 지켜보았다.

물론 수현이 이번 일을 거절한다고 해서 아이돌 데뷔를 포기할 생각은 없었다.

굳이 성공이 보장된 일을 멤버 하나가 거부를 한다고 포기한다면 그건 연예 기획사 사장 자리를, 아니 그냥 이 일을 그만 두어야 하는 것이다.

그러니 이재명은 어떡하든 수현을 이번 기회에 아이돌 그룹으로 데뷔를 시키고, 또 최유진과 계획한 것처럼 연기자로 배우로 데뷔도 시킬 생각이다.

더욱이 수현을 가르쳤던 트레이너들의 이야기를 들어보며, 진짜로 이게 사람이 맞는가 싶은 생각이 들 정도로 수현은 알면 알수록 괴물이었다.

이미 최유진에게 검증을 받은 연기자로써의 능력은 차치하더라도 예능은 이미 KTV의 간판 예능인 도전! 드림팀 시즌3의 고정이 확정이 되었고, 가수로써의 재능도 뒤늦게 꽃을 피워 이 중에서 가장 빛이 났다.

물론 보컬적인 능력은 보컬 팀에 조금 부족하고, 댄스는 여기 있는 멤버들보다 좋다 평가를 하기는 부족하지만 이 모든 것이 합쳐지면 이 자리에 이는 누구보다 스타가 될 소지가 높았다.

더욱이 수현의 외형적 스팩을 봐도 180 후반대인 큰 키와 조각 같은 얼굴, 더욱이 키만 껑충 큰 것이 아니라 비율도 무척이나 좋았다.

진짜 누가 모델이 아니랄까봐 죽여주는, 끝내주는 외모를 가지고 있었다.

실제로 아이돌 가수는 노래 실력, 춤 실력 모두 빼고 이것만 가지고도 성공할 수 있다.

그런데 수현은 이 모든 것을 가지고 있었다.

뿐만 아니라 지금도 그 발전하는 것이 가빠르게 상승하고 있어 연예 기획사 사장으로서 이재명이 수현을 아이돌로 만들려는 것이고, 수현이 어떤 생각을 하고 있는지 모르기에 미안하지만 앞에 있는 아이들을 볼모로 삼은 것이다.

사실 수현이 아니더라도 이들 네 명만으로도 데뷔를 시키는 것은 충분했다.

실제로도 상당히 뛰어난 실력과 이들도 킹덤 엔터에서 고르고 고른 연습생들이기에 외모 또한 빠지지 않았다.

다만 수현의 외모가 상당해 상대적으로 이들이 조금 못나 보이는 것이지 그건 결코 아니었다.

한편 수현은 동생들의 간절한 표정을 보면서 상당한 고민을 하였다.

'아, 이래도 되나?'

정말이지 고민을 하지 않을 수 없었다.

아이돌에 대한 거부감이 조금 희석이 되기는 했지만 뿌리 깊게 박힌 부정적인 이미지 때문에 선뜻 대답을 하기가 그랬다.

다만 자신이 거부를 했을 때, 정말로 이들이 데뷔를 하지 못하게 된다면 그것 또한 다른 의미에서의 갑질은 아닌가 하는 생각이 들기는 했다.

"휴! 알겠습니다."

수현은 너무도 간절하게 자신을 쳐다보고 있는 박정수와 오대영의 눈빛에 어쩔 수 없이 승낙을 하였다.

"그래, 좋은 결정이었다. 그럼 수현이랑 박정수 그리고 오대영은 바로 내 사무실로 가서 계약을 하고, 윤호하고 성민이는 아직 미성년자이니 내일 부모님하고 함께 오도록 해라!"

이재명은 수현이 승낙을 하자마자 일사천리로 계약 이야기에 들어갔다.

수현을 비롯한 박정수와 오대영은 이미 성인이었기에 바로 계약을 하는데 문제가 없었지만 오윤호와 김성민은 아직 미성년자였기에 보호자인 부모님의 동의가 필요해 이 둘의 계약은 내일로 미루었다.

〈『스타 라이프』 제3권에서 계속〉

스라라이프

1판 1쇄 찍음 2017년 11월 7일
1판 1쇄 펴냄 2017년 11월 14일

지은이 | 정사부
펴낸이 | 정 필
펴낸곳 | 도서출판 **뿔미디어**

편집장 | 문정흠
기획 · 편집 | 한관희

출판등록 | 2002년 9월 11일 (제1081-1-132호)
주소 | 경기도 부천시 원미구 소향로 17번길(두성프라자) 303호 (우) 14544
전화 | (032)651-6513 / 팩스 032)651-6094
E-mail | bbulmedia@hanmail.net
비북스 | http://www.b-books.co.kr

값 8,000원

ISBN 979-11-315-8393-7 04810
ISBN 979-11-315-8292-3 04810 (세트)

스타일이프